고양이와 나

고양이와 나

이종산 소설

래빗홀
RABBIT HOLE

차례

고양이와 나

우리, 그러니까 나와 동거인은 한 해의 마지막 날을 텔레비전 앞에서 보내고 있었다. 텔레비전은 정액제 가입만 해두면 세상에 존재하는 모든 OTT와 연동이 되는 스마트한 물건으로, 동거인이 '올해의 소비'로 꼽기도 했다. 우리는 올해 많은 것을 샀다. 스마트 텔레비전, 스마트 조명(휴대전화에 앱을 깔면 조명의 조도를 1에서 100까지 조절할 수 있다), 침대 프레임과 매트리스와 침구 풀세트, 여러 물건을 수납할 수 있는 이케아 3단 왜건, 식탁으로 쓸 테이블(무려 '호마이카' 빈티지인데, 광주까지 내려가서 그 물건을 구했다. 양쪽을 접을 수도 펼칠 수도 있는 확장형이고, 테이블 어딘가에 'Made in England'라고 박혀 있다. 테이블에 박힌 나사들은 모두 처참하게 녹슬어 있었지만, 테이블을 새로 조립하다가 'Made in England'를 발견한 순간 이거다 싶은 만족감이 찾아들었다), 테이블보, 테이블 매트, 수저 세트, 고무장갑, 각종 세제, 각종 청소 솔, 프린터기, 소파와 소파에서 덮고 있을 무릎 담요, 파자마 세트(물론 두 벌), 청소기, 행주와 걸레, 쿠션, 각종 양념, 쌀과 김과 달걀과 베이글(이것들은 정기적으로 마켓컬리나 대형 마트에서 산다) 등등.

우리는 입주한 오피스텔에 들어갈 물건들을 사들이며(한 달쯤은 매일 쇼핑을 했다) 사람이 살아가는 데 필요한 것이 이렇게 많다는 사실에 경악했다. 사실 소박하게 살림을 꾸리려면 그럴 수도 있었다. 그러나 자꾸 욕심이 나서 물건들을 사고 또 샀다. 처음이니까. 한번 사서 오래 쓰지 뭐. 그런 핑계를 대면서.

우리는 4년을 알고 지냈는데 친구에서 연인으로 관계가 발전한 것은 올해 초였다. 우리는 연인이 된 지 세 달째부터 같이 살기 시작했다. 3월 말에 오피스텔에 입주해서 한동안 광란의 쇼핑을 했다. 5월에는 광풍이 점차 사그라들어 안정적이고 차분한 시기를 보냈다. 그래도 한 번씩 필요한 물건을 사기는 했다. 그중에는 공기청정기처럼 비싼 물건도 있었고, 에어프라이어처럼 조금 비싼 물건도 있었다. 나는 항상 부모님과 같이 살아서 한 번도 '내 살림'을 마련해본 적이 없었다. 그것은 동거인도 마찬가지였다. 우리가 결혼이 아니라 동거를 시작했다는 것을 우리 둘 다 잘 알고 있었지만, 그러면서도 우리는 신혼 느낌에 푹 젖어 있었다. 나는 그가 나와 평생을 함께할 사람이라는 것을 굳게 믿었고, 그도 차츰 나와 같은 것을 믿기 시작했다.

　나는 그와 연인이 되고 한 달이 채 되기도 전부터 그에게 '결혼하고 싶다'라는 말을 꺼냈다. "나도 그러고 싶어. 하지만 우리는 결혼할 수 없잖아." 그는 부담스러워하는 기색 없이 그렇게 말했다. 그러고는 왜 결혼을 하고 싶냐고 물었다. "나도 결혼할 수 없다는 걸 알아. 외국에 가서 결혼을 하거나 법적으로는 인정이 안 되더라도 결혼식을 열어서 주변의 인정을 받는 식으로 하고 싶다는 건 아냐. 물론 그렇게 하는 사람들이 멋지다고는 생각하지만, 나는 그럴 깜냥이 안 돼. 내 말은, 그럴 수 없다는 건 알지만 결혼하고 싶다는 거야. 우리 관계를 사회적으로 인정받고 싶어. 부부라고 하면 많은 게 편하고 단순해지잖아. 우리의 관계를 설명하는 것도. '남편'이나 '아내'라고 하면 더 이상 설명할 필요가 없는데, 우리는……."

"나도 알아." 그가 말했다. 나도 그가 안다는 것을 알았다. 우리는 퀴어였고, 둘 다 30대가 되어서야 커밍아웃을 했다. 사실 나는 지금 이 순간도 그를 뭐라고 지칭해야 할지 혼란스럽다. 요즘 많이 쓰는 말이라 '동거인'이라고 쓰긴 했지만 그것은 우리의 관계를 설명하기에는 너무나 부족한 말이다. '파트너'나 '동반자'도 틀린 말은 아니겠으나 내게는 그 말들이 좀 건조하게 느껴진다. '애인'이나 '연인'이기도 하지만, 나는 그를 그 이상으로 여긴다. 그는 나의 아내이자 남편이고 영원한 삶의 동반자이며 함께 생활하는 파트너다. 이런 관계를 맺은, 같은 성별을 가진 사람을 뭐라고 부르는 것이 가장 알맞을까? 그의 이름을 쓸 수도 없다. 우리는 서로를 보호해야 할 의무가 있기 때문이다.

가짜 이름을 지을 수도 있지만, 그러면 그가 그가 아닌 것처럼 느껴진다. 나는 나와 아주 가까운 친구들에게만 그를 실명으로 지칭한다. 다른 사람들에게는 '내가 만나는 분' '같이 사는 분' 하는 식으로 모호하게 말한다. 부모님이나 동생에게는 '같이 사는 친구'라고 한다. 이런 지칭에는 쿠션이 깔려 있다. 나는 비밀을 싫어한다. 적어도 별로 좋아하지 않는다. 그러나 나는 비밀보다 충돌을 더 싫어한다. 누가 내게 참견을 하거나 내가 선택한 것, 내가 선택한 방식이 잘못되었다고 말하는 상황도 싫고, 내가 그것을 무시하거나 반박해야 하는 상황도 싫다.

여기서는 일단 그 사람을 계속 '동거인'이라고 칭하겠다. 다른 지칭을 아직은 찾지 못하겠으니 말이다. 어쨌든 우리는 한 해의 마지막 날을 텔레비전 앞에서 보내고 있었다. 예능을 보다가, 드라마를 보다가, 〈가요대제전〉을 봤다. "올해가 5분 남았어." 그의 말에 나는 리모컨을 들어 〈가요대제전〉에서 보신각에 나와 있는 사람들을 인터뷰하는 채널로 이동했다.

곧 카운트다운이 시작됐다. 우리는 10초 동안 서로의 손을 잡고 눈을 맞췄다. 그리고 1월 1일 정각이 된 순간, 텔레비전 속 사람들의 함성을 들으며 가볍게 입을 맞췄다. 서로를 사랑한다고 느껴서 같이 살기로 한, 그 기간이 1년이 채 되지 않은 커플들이 대개 그렇듯이 우리는 서로에게 빠져 있었다. 나의 경우에는 아침에 일어나 눈을 뜨면 그가 옆에 있다는 것이 아직도 믿기지 않는 행운처럼 느껴졌다. 밤에 같이 잠드는 것도 마찬가지였다. 그는 나의 기적이었고, 경이 그 자체였다. 나는 그를 사랑하는 것처럼 누군가를 사랑해본 적이 단 한 번도 없었다. 나는 언젠가부터 그를 강렬하게 열망했고, 사귀는 사이가 되자 그도 나를 열망하는 것 같았다. 우리는 일하는 시간이나 부득이하게 약속이 생기는 경우를 빼고는 둘이 꼭 붙어 있었다. 그렇게 여러 달이 지나고, 한 해가 끝나 새로운 해로 넘어가는 순간이었다. 우리 앞에 고양이가 나타난 것은.

'그것'은 분명 고양이의 외양을 하고 있었지만, 보통의 고양이는 아니었다. 아마 신에 가까운 존재였던 것 같다. 신에 가까운 존재가 아니라면 그런 일을 할 수 있었을 리 없다.

우선 그 고양이는 보통 고양이보다 훨씬 컸다. 얼마나 컸냐면, 나와 동거인을 합친 것보다 조금 더 컸다. 너비

면에서도 그랬고, 높이 면에서도 그랬다. 그 고양이는 옷도 입고 있었다. 나중에 들어보니 고양이가 입은 옷은 사람마다 다르게 보였다고 한다. 아마도 그런 고양이가 나타날 때 어떤 옷을 입으면 좋을지에 대한 생각이 사람마다 다르기 때문이었던 것 같다(이에 대해서는 의견이 분분하다). 어떤 사람에게는 고양이가 벌거벗은 것처럼 보였다고 한다. 그러나 나는 거대한 고양이가 벌거벗은 모습을 보고 싶지 않다. 내 눈에 고양이가 옷을 입은 것처럼 보인 것은 그래서였는지 모르겠다.

우리 앞에 나타난 고양이는 파란색 줄무늬 잠옷을 입고 있었다. 아니, 사실은 기억이 잘 나지 않는다. 어렴풋하게 거대 고양이가 파란색 줄무늬 잠옷을 입고 있는 모습이 떠오르기는 하지만, 그게 진짜 기억인지는 모르겠다. 그 당시에 나와 동거인도 파란색 줄무늬 잠옷을 입고 있었기 때문이다. 어쩌면 기억이 뒤섞여서 우리가 입은 잠옷을 그 고양이도 입고 있었던 것 같다는 가짜 기억이 생긴 걸 수도 있다. 하지만 어차피 사람마다 고양이가 입은 것이 다르게 보였다고 하니 그때 당시에 고양이가 입은 옷이 정확히 기억이 난다고 해도 그 기억이 그리 의미 있는 것은 아닐 것 같다.

고양이는 말없이 우리 둘에게 종이를 하나씩 내밀었다.

나는 종이를 받아서 읽었다.

종이에는 이렇게 쓰여 있었다.

앞으로 남은 삶을 고양이로 사시겠습니까?
남은 삶을 고양이로 살기를 원한다면 '예',
원하지 않는다면 '아니오'에 체크하시오.

그 아래에는 '예'와 '아니오'가 있고 각각 빈 괄호가 옆에 있었다. 종이 맨 아래쪽에는 서명란도 있었다. 나는 '예'와 '아니오', 그리고 '앞으로 남은 삶을 고양이로 사시겠습니까?'를 번갈아 보며 잠시 여러 생각에 빠졌다. 여기에서 말하는 '남은 삶'이라는 것은 인간의 수명일까, 고양이의 수명일까? 한번 선택하면 인간으로는 돌아올 수 없는 걸까? 그런데 '예'를 선택하면 정말 고양이가 되는 걸까? 나는 고양이가 되고 싶은가?

그런 생각에 얼마나 빠져 있었는지는 모르겠다. 그리 긴 시간은 아니었다. 고작해야 1, 2분 남짓이었을 것이다. 순간적으로 여러 생각을 떠올리다가 아무래도 동거인과 얘기를 해봐야 하지 않나 싶어 고개를 돌렸는데, 동거인의 종이에 '예'가 체크된 것이 보였다(우리는 식탁으로 쓰는 테이블과 같이 놓인 아담한 소파에 앉아 있었다).

어라? '예'에 표시했네. 벌써? 그런 생각이 스치는데, 문득 소파에 고양이 한 마리가 앉아 있는 것이 보였다. 우리에게 종이를 내민 거대한 고양이가 아니라 보통 크기의 고양이였다. 보통 크기라고 해도 고양이마다 몸집이 다 다르지만, 어쨌든 길에서 봤을 때 무심하게 지나칠 정도의 평범한 크기였다.

"설마 고양이로 변한 거야?"

나는 소파에 앉아 있는 고양이를 향해 물었다. 고양이는 나를 바라보고 있었는데 내 말을 알아들은 것인지 아닌지 알 수 없었다. 거대한 고양이는 벌써 사라졌다. 내 옆에 앉아 있던 나의 동거인도 보이지 않았다. 고양이는 나의 동거인이 앉아 있던 자리에 앉아 있었다.

"정말 고양이가 됐다고?"

나는 고양이 옆으로 가서 그를 쓰다듬으며 물었다. 마음 같아서는 그를 번쩍 들어 눈을 맞추고 물어보고 싶었지만, 그러다 할큄을 당하기라도 하면 어쩌나 싶어 조심스럽게 쓰다듬기만 했다(나는 고양이가 할퀴는 걸 무서워한다).

그때 텔레비전 속에 고양이가 된 사람들이 눈에 들어왔다. 보신각에서도 우리 집에서 일어난 것과 같은 일이 벌어진 모양이었다. 보신각 앞에서 취재를 하던 사람도 고양이가 된 듯했다. 스튜디오에 있는 남자 아나운서가 당황한 듯 기자의 이름을 불렀지만, 고양이가 된 기자는 아무 대답도 하지 않았다. 남자 아나운서 옆에도 고양이가 있었다. 원래 여자 아나운서가 서 있던 자리였다.

나는 소파에 얼어붙은 듯 앉아 텔레비전 속 사람들이 고양이로 변하는 모습을 지켜보았다. 종이를 받고 망설이다가 주변에 있는 사람들이 정말 고양이가 되는 것을 보고 '예'에 표시한 사람들도 있는 모양이었다. 시간차를 두고 여러 사람이 한 명씩 고양이로 변했다. 물론 모두 고양이로 변하지는 않았다. 나중에 시간이 한참 흘러 그곳에 있던 사람 중 몇 퍼센트가 고양이가 되었는지 대략적인 통계가 나왔는데 5퍼센트 정도의 사람이 고양이가 되었다고 한다. 10만 명 중에 5퍼센트다. 즉, 거기에 있던 사람 중에서만 5,000명의 사람들이 고양이가 되었다.

그들은 어쩌자고 고양이가 된 것일까? 종이를 받고 아예 체크를 하지 않은 사람들도 많았다고 한다. 그중에는 고양이가 되는 게 좋을까, 아닐까? 정말 고양이가 되기는 하는 것일까? 그런 식으로 잡다한 고민을 하다가 표시할 타이밍을 놓쳐버린 사람들도 많았다. 나는 텔레비전 속에서 고양이가 된 사람들과 고양이가 된 동거인을 번갈아 보다가 점점 두려움이 밀려들어서 '아니오' 옆에 있는 괄호에 체크를 했다. 한 번으로는 불안감이 가시지 않아서 여러 번 진하게 했다. 종이가 찢어지기 직전까지.

야옹.
고양이가 우는 소리에 깼다.
어제 일이 꿈이 아니었구나.
눈을 뜨자마자 고양이의 얼굴이 보였다.

"무슨 말을 하는 거야?"

나는 고양이에게 물었다. 고양이는 다시 한번 짧게 울었다. 뭔가를 요구하는 듯했다.

"혹시 배가 고파?"

동거인은 아침을 꼭 챙겨 먹어야 하는 사람이었다. 내가 정답을 맞힌 것인지 고양이가 짧게 야옹 하고 울었다. 그 울음소리는 '응'이나 '그래'처럼 들렸다. 집에 있는 닭가슴살 생각이 났다. 고양이에게 닭가슴살을 줘도 되는지 잘 모르겠어서 휴대전화로 검색해보니 간을 하지 않은 것이면 괜찮은 모양이었다. 닭가슴살은 에어프라이어에 구워서 밥이랑 먹으면 간편하면서도 괜찮은 한 끼가 되어 집에 상비해두곤 했다. 나는 편의점에서 파는 것을 먹으면 배가 아파서 마트에서 파는 익히지 않은 닭가슴살을 사놓고는 했지만, 그게 고양이 먹이가 될 줄은 꿈에도 몰랐다.

부엌으로 가서 닭가슴살을 에어프라이어에 넣고 돌렸다. 금세 집 안에 구운 닭고기 냄새가 퍼졌다. 그 사이에 달걀도 냄비에 넣고 삶았다. 그러고 있는데 갑자기 고양이가 구운 닭가슴살을 먹어도 되나 싶은 생각이 들어서 달걀이 다 익을 때까지 기다렸다가(우리 집에는 냄비도 하나뿐이고, 인덕션도 1구짜리다) 닭고기 한 덩이를 더 꺼내 삶았다. 고양이(혹은 고양이가 된 그)는 테이블 옆에서 얌전히 기다렸다.

"저거면 먹을 수 있겠지?"

야옹.

"조금만 기다려."

야옹.

그는 순순히 대답하며 내게 몸을 비볐다. 나는 그의 머리를 살살 긁어주었다. 그러고 있으니 그가 사람이었을 때와 그렇게 많이 달라진 것 같지도 않았다. 그는 사람이었을 때도 고양이와 닮은 점이 많았다. 얼굴도 고양이를 닮았고, 낮잠을 많이 자는 것이나, 낯을 가리지만 친밀한 사람에게는 은근히 애교도 많고 옆에 붙어 있으려 한다는 점도 비슷했다. 예민하고 깨끗하다는 것, 조용한 것을 좋아하고, 자기 영역을 중요시한다는 점도 고양이 같았다.

에어프라이어에서 띵 소리가 들렸다. 잘 구워진 닭가슴살을 내 몫으로 접시에 담고, 삶은 달걀은 찬물에 담

갔다가 껍데기를 벗겼다. 내가 달걀 껍데기를 벗기는 동
안 고양이로 변한 그가 입으로 내 다리를 건드렸다. 얼
른 먹을 걸 달라는 뜻 같았다.

"잠깐만."

나는 껍데기를 마저 벗기고 달걀을 반 잘라 그에게 주
었다. 남은 반은 내가 먹었다. 그동안 냄비에 넣고 끓이
고 있던 닭가슴살도 다 삶아져서 좀 식힌 뒤에 잘게 찢
어 그에게 조금씩 먹여주었다.

그는 잘 먹었다. 나도 그에게 먹을 걸 다 주고 나서 구
운 닭가슴살을 먹었다. 그래도 배가 고파서 식빵도 한
조각 구워 먹었다. 우유도 마셨다. 그는 내가 부러운 듯
혀를 날름거렸지만 뭘 더 달라고 하지는 않았다.

"이제 어떻게 할까?"

그의 머리를 가볍게 긁으면서 물었다. 그는 눈을 동그
랗게 뜨고 날 봤다.

"자기 눈이 무슨 색인 줄 알아? 거울 봤어?"

나는 그에게 거울을 보여주려다 그만뒀다. 보고 싶으
면 벌써 봤을 것이다. 고양이에게 거울을 보여주는 게
괜찮을지 나는 잘 몰랐다. 고양이를 키워본 적이 없으

니. 게다가 그는 원래 사람이었던 고양이니 자신이 고양이가 된 모습을 보는 게 괜찮을지 알 수가 없었다. 아직은 보고 싶지 않을지도 몰랐다. 어쩌면 막상 거울로 자기 모습을 보면 크게 충격을 받을 수도 있겠다는 생각도 들었다. 그리고 좀 더 생각해보니 자기가 보고 싶으면 보겠지 싶기도 했다. 현관 신발장에 전신 거울이 붙어 있다는 걸 그도 잘 알고 있으니 말이다.

"눈이 예쁜 주황색이 됐어. 진짜 예뻐."

나는 그를 쓰다듬으면서 말했다. 그의 눈은 노랑과 주황 사이의 빛깔이었다. 털도 노란빛이었다. 갈색 같기도 하고, 주황빛 같기도 한 노란색. 이런 고양이는 뭐라고 하나 싶어 그 자리에서 휴대전화로 찾아보니 치즈태비랑 제일 비슷했다. 고양이가 된 그도 다른 치즈태비들처럼 배 부분은 털이 하얗고, 얼굴에도 하얀색이 섞여 있었다.

"자기는 치즈태비가 됐나 봐. 의외다. 그치? 회색 샴이나 검은 고양이도 잘 어울렸을 것 같은데."

내가 말을 걸자 그는 그냥 야옹 하고 울었다. 내 말을 알아듣는 것인지 전혀 짐작이 안 됐다.

"잠깐만 기다려봐. 내가 뭐부터 하면 좋을지 찾아볼게. 자기 말고도 고양이가 된 사람들이 많으니까 뭔가 얘기가 있을 거야."

포털사이트 메인에도 고양이 이야기가 많았다. 다른 뉴스들도 많았지만, 고양이 이야기가 압도적이라 뉴스도 그 얘기로 거의 도배가 되어 있었다. 나는 뉴스를 먼저 읽지 않고 인스타그램에 들어가봤다. 인스타그램에도 고양이 이야기가 많았다. 내가 팔로우를 해놓은 사람 중에도 같이 사는 사람이 고양이가 됐다거나 아주 가까운 사람이 고양이가 됐다는 이야기가 많이 올라와 있었다.

내가 아는 사람들 중에는 고양이로 살 수 있다면 고양이의 삶을 선택할 것 같은 사람들이 꽤 있었다. 하지만 의외로 '이 사람은 고양이가 되지 않았을까?' 싶은 사람 중에서 정말 고양이가 된 사람은 몇 없었다. 오히려 전혀 예상치 못한 사람 몇이 고양이가 되었다고 해서 깜짝 놀랐다. 내가 부러워하던 삶을 살던 사람 중에도 고양이가 된 사람들이 아주 많았다. 자기 일도 잘하고, 세련된 태도에, 옷도 잘 입고, 호감을 사는 외모를 가진 사람들이었다. '사실은 인간으로 사는 게 꽤 피곤했던 걸까?' 나는 인스타그램에 올라오는 소식들을 보며 생각했다.

연예인 중에서 누가 고양이가 됐는지 정리된 글도 실시간으로 올라왔다. 겨우 어젯밤에 그 일이 벌어졌다는 걸 생각하면 정말 빠른 속도였다. 나도 호기심이 일어서 고양이가 된 연예인들을 찾아보았다. 내가 좋아하는 가수나 배우 중에도 고양이가 된 사람이 있었다.

"이 사람도 고양이가 됐대."

나는 '나의 그'에게 휴대전화 화면을 보여주었다. 그는 화면을 뚫어져라 바라봤지만, 그가 내 말을 알아들었는지는 모를 일이었다.

"사람이었으면 같이 안타까워했을 텐데. 이런 건 좀 아쉽군."

나는 그를 쓰다듬었다. 그는 하품을 하고는 잠을 자는 자세를 취하더니 정말 곧 잠들어버렸다.

"좋겠네. 이제 고양이니까 아무 때나 자도 괜찮구나."

그는 가볍게 코까지 골며 잤다. 나는 그의 옆에서 계속 정보를 찾아보았다. 인터넷 뉴스 코너에 〈가까운 사람이 고양이가 됐다면 먼저 해야 할 일들〉이라는 기사가 있었다. 나는 기사를 클릭하고, 숫자가 붙은 항목들을 캡처했다.

1. 주변에 소식 알리기

같이 사는 친구 등 지인이 고양이가 됐다면 지인의 가족이나 가까운 사람들에게 알리는 것이 좋다. 도의상으로도 그렇지만, 당신이 하기 곤란한 일들을 그들이 알아서 처리해줄 것이다. 지인의 직장 주소를 안다면 직장에도 연락해주면 좋을 것이다. 같이 사는 가족이어도 마찬가지다. 가족의 직장이나 가까운 친구들에게 연락을 돌리고, 필요하다면 친척들에게도 알릴 것.

2. 구청에 신고

현재 정부에서는 초유의 사태를 수습하기 위한 임시 대응 부서와 관련 홈페이지를 만들었다. 홈페이지에서 온라인 접수를 받고 있으니 가까운 사람 중에 고양이가 된 사례가 있다면 우선 신고를 해두는 것이 좋다. 정부에서는 고양이가 된 지 한 달 이내에 신고하는 것을 권고하고 있다. 가족 혹은 친족이 아니더라도 현재 함께 살고 있는 사람(동거인)에게 신고의 의무가 있으며, 공식적인 신고 의무 기간은 아직 확정되지 않았다. 한 달 이내에 신고하는 경우 무료 예방접종 등 혜택이 주어지고, 이 기간이 지난 후에 신고하면 불이익이 있을 수 있다.

3. 고양이 케이지 구비

어젯밤을 기점으로 가출하는 고양이들이 속출하고 있다. 정부는 길고양이가 갑자기 늘면서 생길 여러 가지 부작용을 우려하고 있다. 가까운 사람이 고양이가 됐다면 케이지 안으로 들어가기를 유도하고, 여의치 않은 경우에는 창문을 모두 닫아두고, 문단속에도 신경 써야 한다. 전문가들은 사람이었던 고양이가 길거리로 나갔을 때 야생동물과의 충돌이나 교통사고 등 위험한 일을 겪을 가능성이 높다고 경고한다. 이동할 때는 이동장이 필수다. 고양이가 되기 전에 얌전한 사람이었으니 이동장에 넣지 않아도 잘 따라올 것이라는 생각은 금물이다. 아직 확인되지는 않았지만, 고양이 특유의 성향이나 본능이 생겼을 수 있다.

4. 집에 있는 반려동물과 분리

집에 이미 반려동물이 있다면 분리 조치가 필요하다. 반려동물이 갑자기 고양이가 된 사람을 알아보지 못하고 공격할 우려가 있다.

나중에는 분리를 하지 않더라도 당장은 익숙해질 시간을 주도록 하자. 거꾸로 원래 집에 있던 고양이가 새로 나타난 고양이 때문에 스트레스를 받아 가출할 수도 있으니 세심하게 신경 쓰도록 하자.

5. 예방접종

당장 동물병원으로 가서 예방접종을 하자. 어제까지 사람이었다고 해도 오늘부터는 고양이다. 혹시라도 갑자기 밖으로 나갔다가 병이 옮을 수도 있고, 몸이 적응을 하지 못해서 아플 수도 있다. 병원에 가서 검진을 받아보고, 의사가 권유하는 예방접종을 해두면 안심이 될 것이다.

5번 항목의 마지막 문장은 약간 모호한 부분이 있었다. 뭐에 대한 '안심'을 말하고 싶었던 걸까? 어쨌든 예방접종은 알아보고 해야 할 것 같았다. 4번은 원래 집에 반려동물이 없었으니 패스하고, 1번이나 2번을 먼저 해야 할 것 같았다. 주변에 알리기를 먼저 할까, 구청에 일단 신고를 할까? 구청에 신고하는 게 더 간단하겠지만, 그의 가족들과 어떻게 할지 의논하는 게 먼저일 듯했다. 나는 그의 휴대전화를 찾아서 연락이 오기를 기다렸다.

그의 휴대전화는 잠금 설정이 되어 있어서 먼저 전화가 와야 연락을 받을 수 있었다. 기다린 지 얼마 되지 않아서 전화가 한 통 왔다. 그의 직장이었다. 나는 얼른 전화를 받았다.

"여보세요."

상대방은 낯선 목소리에 이미 어떤 일이 일어났는지 알아챈 것 같았다. 전화를 건 사람은 그의 직장 선배였는데, 나도 그 사람을 알았다. 그와는 꽤 친해서 나도 그 사람의 인스타그램 계정을 팔로우하고 있었고, 그 사람도 내 계정을 팔로우했다. 직접 만난 적은 없지만, 서로의 존재를 아는 사이였다.

"혹시……?"

"아, 저는 같이 사는 사람인데요, 그 친구가 어젯밤에 고양이가 되어서요."

"아, 역시."

"네, 어느 정도 예상은 되는 일이죠."

"네, 저도 그렇게 되지 않았을까 생각은 했어요."

"네네, 그렇게 되었어요."

"네, 알겠습니다. 위에서 물어봐서 전화드린 거라 일단은 끊겠습니다. 혹시 나중에 한번 보러 가도 괜찮을까요?"

"그럼요. 인스타그램으로 메시지 주세요. 지금은 저도 좀 정신이 없는데, 나중에 날짜를 한번 잡아보죠. 그 친구도 뵙고 싶어 할 거예요."

"네, 그럼."

"네, 들어가세요."

다른 사람에게 얘기하고 나니 갑자기 실감이 나면서 조금은 무서워졌다. 진짜로 일어난 일인 것이다. 엄청난 일이다. 함께 살던 사람이 고양이로 변하다니. 게다가 그 사람은 내 평생의 동반자였는데. 내 여자친구가 고양이가 되어버렸다. 여태까지 멀쩡했는데 실감이 밀려오니 정신이 아득해졌다. 이제 와서 기절을 하는 것도 우스운 일 같아서 정신을 꽉 부여잡았지만 차라리 잠시 실신을 하고 싶기도 했다.

그의 가족들에게는 뭐라고 한단 말인가. 그의 가족들은 그가 고양이가 된 것이 내 탓이라 생각할지도 몰랐다. 나는 비난받고 싶지 않았다. 그는 고양이가 되고 싶어서 고양이가 된 것이다. 나와 사는 게 불행해서 고양이가 된 것이 아니다. 나는 그걸 알지만, 다른 사람들은 오해할 수도 있다. 내가 그를 행복하게 해주지 못해서, 나와 사는 것이 행복하지 않아서 차라리 고양이로 사는 쪽을 선택한 거라고 말이다.

하지만 생각해보니 그런 오해를 받아도 어쩔 수 없겠다 싶었다. 그런 오해가 문제가 아니라 그가 고양이가 된 것이 큰일이다. 그가 고양이가 되어서 가장 큰 일이 난 사람은 바로 나였다. 최근에 나는 그가 죽더라도 내 인생에 다른 동반자는 없을 것이라는 생각을 했다. 사람 앞일은 알 수 없지만, 그가 사라진다면 나는 그의 빈자리를 평생 비워두고 살겠노라고 다짐했다. 이제 그는 내게 다른 사람으로 대체될 수 있는 존재가 아니었다. 나는 동반자가 필요한 것이 아니라, 그 사람이라는 존재가 필요했다. 그는 세상에서 딱 하나밖에 없는 유일한 존재다. 그런데 그 존재가 고양이가 되는 상황에 대해서는 생각해보지 못했다. 고양이가 된 사람의 수명은 어느 정도일까? 고양이만큼 살까, 사람만큼 살까?

나에게 이런 시련을 주다니. 이 모든 일을 나에게 맡겨놓고 쿨쿨 자고 있는 그가 얄미워졌다. 하지만 막상 그를 쳐다봤더니 너무 귀여워서 마음이 스르르 녹아내렸다. 그도 귀여운 생물이고, 고양이도 귀여운 생물인데, 그가 고양이가 되니 두 배로 귀여웠다. 대책 없이 고양이가 되고서는 모든 일을 나에게 맡겨놓고 쿨쿨 자고 있다는 점도 귀여웠다. 그래서 나는 그를 째려보거나 콱 쥐어박는 대신 마음을 다잡았다. 그를 위해서 귀찮은 일들을 처리해주겠다고.

나는 내 휴대전화로 그의 어머니에게 전화를 걸었다. 그의 어머니는 금방 전화를 받았다. 전화를 기다리고 있었던 것 같은 느낌이었다.

"여보세요."

긴장한 목소리였다.

"안녕하세요."

"네, 잘 지냈어요?"

내가 무슨 일로 전화를 했는지 이미 짐작하고 계신 듯 목소리가 떨리면서도 다정하게 안부를 먼저 물어주셔서 마음이 뭉클해졌다. 그의 어머니와는 전에 한번 집으로 놀러 가 뵌 적도 있고, 그의 전화를 통해 항상 서로의 안부를 알고 있었다. 그의 어머니가 종종 좋은 쌀이며 김치, 감자 같은 것을 보내주시기도 했다. 나는 그의 어머니에게 고마운 마음을 가지고 있었다. 꼭 뭔가를 받아서가 아니라 무엇을 보내든 그에게 나와 함께 먹으라고 말해주시는 것에 감사했다.

"말씀드릴 것이 있어서 전화드렸어요."

"얘기해요."

"어제 그 일 알고 계세요? 어제 저희 집에도 커다란 고양이가 나타나서 앞으로 고양이로 살고 싶은지 선택하라고 했는데, ○○이가 고양이로 살고 싶다는 쪽에 체크를 해버려서……."

큰일이 일어난 것치고는 담담하다고 생각했는데, 그의 어머니에게 말하다 보니 가슴이 떨리고 겁이 나서 울먹거리게 됐다.

"시간 될 때 걜 데리고 우리 집에 와줄 수 있어요? 내 눈으로 직접 봐야겠어서."

"네, 언제쯤 찾아뵐까요?"

"우리는 오늘이라도 괜찮지요."

"그럼 오늘 갈게요. 지금 준비해서 가면 저녁 전에 도착할 거예요."

"그래요. 고마워요."

그러고 나서 우리는 통화를 마쳤다. 하지만 막상 가려고 하니 막막했다. 이동장이 필요하다는 것을 미처 생각하지 못했다. 그의 부모님 댁은 기차를 타고 가야 했다. 표는 있을까? 바로 기차표를 예매하는 앱으로 들어가보니 생각보다 표는 꽤 많이 남아 있었다. 어쩌면 매진 사태가 일어났을지도 모른다고 생각했는데.

우선은 두 시간 뒤에 출발하는 표를 예매해두고 동네에 있는 동물병원에 가서 고양이 이동장이 있는지 물었다. 역시나 나와 같은 사람들이 많아서 병원 안이 북적거렸다. 데스크의 직원은 아예 로비 가운데에 서서 사람들을 안내하고 있었다.

"무슨 일로 오셨어요?"

가슴에 고양이 자수를 수놓은 유니폼을 입은 직원이 나를 향해 물었다.

"이동장 있나요? 케이지요."

"남은 게 없어요. 인터넷으로 주문하세요."

"당장 있어야 하는데요."

"저희는 없어요. 다른 곳에 가보세요."

어쩔 수 없이 돌아서서 나왔다. 그사이에 사람들이

병원 앞에 줄을 서 있었다. 이동장을 든 사람도 있었고, 아닌 사람도 있었다. 그냥 고양이를 안고 있는 사람도 몇 명 있었다. 우리 동네에는 동물병원이 한 곳밖에 없었다. 다른 곳에 가려면 시간이 꽤 걸릴 듯했다. 그렇다고 기차표를 취소하기는 애매했다. 기차표도 언제 매진 사태가 일어날지 몰랐다.

어떻게 해야 할지 모르겠어서 길에 서 있는데, 문득 집에 있는 여행 가방이 생각났다. 일단은 그거면 어떻게 될지도 모른다. 걸어가면서 검색해보니 당분간은 기차나 버스, 지하철에서 이동장이 없어도 고양이와 함께 타는 것이 가능하다고 했다. 대신 그 고양이가 사람이었던 때의 신분증(동승자까지 2인의 신분증)이 필요하고, 고양이의 몫까지 좌석표를 사야 하며, 이동장이 아니더라도 고양이가 튀어 나가지 않을 만한 가방은 있어야 한다고 했다. 집에 있는 가방이면 충분할 것 같았다.

집에 들어가서는 서둘러서 가방을 챙겼다. 가방 안에 그가 좋아하는 옷들을 넣어 푹신하게 만들고, 인형도 하나 넣었다. 예전에 함께 여행을 갔다가 그가 가지고 싶어 해서 내가 사 주었던 고양이 인형이었다. 그 고양이 인형도 털이 노란빛인 치즈태비였다.

"들어갈래? 아까 통화하는 거 들었지? 어머니가 자길 직접 보고 싶으시대. 기차는 예매해놨고, 이제 가기만 하면 돼. 이동장은 품절돼서 못 샀어. 동물병원에 갔는데 난리가 났더라. 줄까지 섰어. 자기가 이 가방에 들어가야 기차를 탈 수 있는데, 어떻게 할래? 가기 싫으면 안 가도 돼. 나중에 가도 괜찮고. 어떻게 할까?"

그는 가방을 보기만 하고 있었다. 나는 조심스레 그를 들어서 가방 안에 넣었다. 그는 넣어진 대로 얌전히 몸을 웅크렸다.

"가는 거야. 알겠지?"

그가 야옹 하고 울었다. 싫은 기색은 없었다. 가방 밖으로 나오려는 움직임도 없었다.

"자기 말대로 진작 운전을 배워놨어야 하는 건데. 미안해. 우리 차로 갔으면 훨씬 편했을 텐데."

나는 그에게 말하고 가방을 들었다. 한 손에 들었더니 너무 흔들리는 것 같아서 양팔에 안고 밖으로 나갔다. 짐은 모두 배낭에 넣었다. 하루는 자고 올 것 같아서 잠옷도 챙겼다. 좀 우습지만 책도 챙겼다. 이런 상황에 책이라니. 하지만 기차 안에서 책이라도 읽고 있어야 마음이 진정될 것 같았다.

결국 기차에서 책을 읽지는 않았다. 휴대전화로 고양이와 관련한 것을 찾아보게 됐다. 한 시간 사이에 나는 꽤 많은 정보를 얻었다. 중간에 검표원이 와서 표를 확인했다.

"같이 계신 고양이도 원래 사람이셨던 거 맞으시죠?"

검표원이 가방 안에 있는 그를 흘깃 보며 물었다. 나는 그렇다고 대답했다. 검표원은 신분증과 표를 보여달라고 했다. 나는 집에서 챙겨 온 그의 지갑에서 신분증을 꺼내 보여주었다. 혹시 몰라서 그가 '예'에 체크를 표시한 종이도 가져왔다. 검표원은 모든 것을 확인하고 난 뒤에 내 자리를 지나갔다.

"저희도 지금 정신이 없어요. 저희 직원 중에서도 고양이가 된 사람이 많아서요."

검표원이 다른 승객과 이야기하는 소리가 들렸다. 나

는 가방 안에 손을 넣어 그의 머리를 쓰다듬었다. 그는 긴장한 것인지 울지도 않고 가만히 있었다. 츄르 같은 간식을 챙겨 왔으면 좋았을 걸 그랬다는 생각이 들었다. '어쩌면 곧 기차역 매점에 고양이 간식을 파는 코너가 따로 생길 수도 있겠어.' 나는 그런 생각을 하며 휴대전화로 계속 이런저런 정보를 찾아봤다. 워낙 황당한 일이기도 하고, 인류 역사상 이런 일은 처음인지라 우리나라 정부도 그렇고, 세계적으로 대혼란이 일어난 모양이었다.

하지만 기차 안은 바깥과 다른 세상이기라도 한 것처럼 조용하고 평화로웠다. 다만 평소보다 고양이가 좀 더 많을 뿐이었다. 나는 다른 좌석들을 슬쩍 훔쳐보면서 내가 탄 칸에 고양이가 몇 마리나 있는지 세어보았다. 하나, 둘, 셋. 어떤 좌석에는 고양이가 두 마리나 있었다. 두 쌍의 좌석이 마주 보는 자리였다. '가족일까? 친구일까?' 나는 그 좌석을 보고서 생각했다. 두 고양이 모두 가방 안에 들어 있었지만, 한 고양이는 몸을 쭉 뻗어서 창문에 달라붙어 바깥을 보고 있었다. 어쩐지 어린아이 같았다. 어린아이들 중에도 고양이로 변한 경우가 있는 것 같았다.

궁금해서 찾아보니 어린아이의 경우에는 옆에 있던 어른이 얼른 종이를 빼앗아서 고양이로 변하지 못하게 한 집이 많은 모양이었다. 물론 그렇지 않은 집들도 있었다. 아이를 집에 혼자 두고 일을 하러 갈 수밖에 없는 형편인 사람들도 있었고, 시간이 시간인지라 거대 고양이가 나타난 자정에는 이미 깊게 잠이 들어 있던 사람들도 많았다. 어떤 집은 새해 기분에 취해 술을 마시고 잠들었다가 일어나보니 아이가 고양이가 되어 있었다고 했다. 아이를 재우고 잤는데, 아이가 도중에 깬 것인지 처음부터 잠든 척을 했던 것인지 어쨌든 어른 없이 혼자 고양이를 맞이한 경우들이 있었나 보다.

내가 탄 열차 칸에는 고양이가 일곱 마리 있었다. 나와 함께 탄 고양이를 포함해서다. 고양이와 동승한 사람들은 속은 어떨지 몰라도 겉으로는 감정이 크게 드러나지 않았다. 모두 조용히 앉아 있었다. 잘 보니 조금 울적해 보이는 사람도 있고, 심란한 얼굴을 한 사람도 있었다. 내 건너편에는 체구가 작고 머리가 짧은, 40대 후반 정도로 보이는 까무잡잡한 얼굴의 여자가 앉아 있었는데, 그 여자가 특히 심란해 보였다. 여자의 옆 좌석에도 가방에 든 고양이가 있었다. 그 여자의 고양이는 어두운 회색 털과 검은색 털이 얼룩덜룩하게 섞여 있었다. 눈은 초록빛이었다. 그 여자의 고양이도 그 여자만큼이나 조용하게 앉아서 여자를 올려다보고 있었다. 그 여자의 고양이는 그 여자를 사랑하는 것 같았다.

그 여자도 나처럼 보스턴백에 고양이를 넣었다. 내 것은 길쭉한 카키색 가방인데, 그 여자의 가방은 내 것보다 좀 더 짧고 수수한 검은색이었다. 가방 안은 옷가지와 수건으로 채운 것 같았다. 여자가 입고 있는 점퍼나 청바지도 가방처럼 수수한 분위기가 있었다. 나는 왠지 그 여자에게 호감이 갔다. 내가 경계하는 우월감이라든지 세상에서 자기가 제일 잘났다고 느끼는 도취감이나 오만함 같은 것이 전혀 느껴지지 않는 얼굴이었다. 어쩐지 조금 기운이 없어 보이는 마른 얼굴이 나는 부럽기까지 했다. 그 여자는 나와는 달리 이 상황을 그저 심란하게 받아들이고 있는 것 같았다. 심란해하면서도 담담하게.

나는 어땠냐 하면, 실은 조금 즐거워하고 있었다. 약

간은 신이 나기도 했다. 어느 정도는 흥분 상태였다. 그 여자의 얼굴을 보고 나서 내가 이 상황을 조금은 즐기고 있다는 것을 깨달았다. 거울을 꺼내서 보지는 않았지만, 내 얼굴에 혈색이 돌고 있다는 게 느껴졌다. 붉은 빛보다는 분홍빛이 돌았을 것이다. 오늘은 마른 시금치처럼 축 처져 있는 피곤하고 지루한 하루가 아니었다. 오늘은 세상에 신기한 일이 일어난 하루였다. 축제는 아니지만, 꽤 신기한 난리가 났다. 내가 황당한 일을 겪은 당사자인데도 기차 안에 있으니 이상하게 실감이 나지 않았다. 사람이 너무 큰 일을 겪으면 일어난 사건을 텔레비전으로 보는 것처럼 멀리 거리를 두고 보게 된다는데, 그런 것이 아니었나 싶기도 하다.

그의 부모님 집은 양평에 있었다. 우리 동네에서 양평에 가려면 근처에 있는 KTX역에서 기차를 타고 가다가 서울역에서 한 번 갈아타면 됐다. 내 건너편에 있는 여자도 서울역에서 내렸다. 나는 그 여자가 어디로 가는지 궁금했다. 그 여자의 뒷모습은 금방 인파에 섞여 사라졌다.

서울역에서 양평까지는 한 시간도 걸리지 않았다. 나는 그 사이에 차분해져서(그 여자가 사라져서였는지도 모르겠다) 한 번씩 고양이가 된 그를 쓰다듬으며 창밖을 바라봤다. 휴대전화로 정보를 찾아보는 것도 하지 않았다. 갈아탄 열차에는 사람이 훨씬 더 많았다. 고양이도 있긴 있었지만, 어쩐지 피로해서 관심이 별로 가지 않았다.

중간에는 잠깐 눈을 붙였다. 아마 길어야 20분쯤 잠이 들었을 것이다. 양평역에 곧 도착한다는 소리가 들려 잠에서 깼는데, 옆에서 그가 야옹야옹 하고 울었다. "알겠어. 일어났어." 나는 그의 머리를 쓰다듬으며 말했다. 그의 털은 아주 부드러워서 기분이 좋았다.

"부모님 만날 준비 됐어?"

나는 그에게 물었다. 그는 대답하지 않았다. 내 말을 알아듣고 있는 건지 아닌지 아직 알 수 없었다.

왠지 마음이 조금 초조하고 불안해져서 고양이가 된 그가 들어 있는 가방 지퍼를 닫았다. 완전히 닫지는 않고 3분의 1 정도는 남겨두었다. 가방은 크고 안이 넉넉해서 지퍼를 닫아도 그가 있기에 좁지는 않았다. 고양이가 된 그는 폐소공포증이 없고, 오히려 좁고 어두운 곳

을 좋아해서 지퍼를 다 닫는 편을 더 편안하게 여겼을
수도 있다.

그의 어머니가 역으로 마중 나올까 물어봤지만, 그의
어머니 차를 타고 가면 도착할 때까지 어색할 것 같아
서 택시를 타고 가겠다고 말해두었다. 하지만 막상 역
바깥으로 나오고 나니 택시를 타면 기사가 고양이를 보
고 괜히 뭔가를 물어보거나 한두 마디를 할까 봐 마음
이 내키지 않았다. 좀 걷기는 해야 하지만, 버스를 타고
도 갈 수 있었다. 나는 지도 앱으로 그의 부모님이 사는
동네까지 가는 버스를 확인하고 정류장으로 갔다.

운이 좋게도 버스가 바로 와서 오래 기다리지 않았
다. 버스를 타니 역시 이편이 마음 편하다는 생각이 들
었다. 버스로는 40분쯤 걸리는 거리였다. 택시를 탔다면
시간이 반 정도는 단축됐겠지만, 택시비가 꽤 나왔을
것이다. 게다가 그렇게 빨리 가야 할 이유도 없었다. 그
의 부모님을 만나기까지 마음의 준비가 조금 더 필요
했다.

버스에 타서는 가방을 안고 있었다. 지퍼는 반 정도
열었다. 버스 안은 따뜻했다. 내가 탄 버스에는 사람이

많지 않았다. 서넛 정도였다. 내가 자리에 앉아 가방 지퍼를 열었을 때 그가 밖으로 고개를 내밀었는데, 버스 안에 탄 사람들이 잠깐 쳐다보았다. '고양이로 변한 사람인가 보네.' 그런 시선이 느껴졌다. 이런 일을 겪지 않은 사람들, 그러니까 본인을 비롯한 주변의 누구도 고양이로 변하지 않은 사람이 있을 거라는 것이 그제야 생각났다. 그런 사람들과 나의 세계가 둘로 나뉜 것 같았다. 그들은 내 마음을 알 수 없을 것이다. 흥분 상태가 지나고 나니 서글픈 마음이 찾아들었다. 어쩌면 기차에서 느꼈던 흥분은 슬픔을 막기 위한 방어 기제였을지도 모르겠다. 기차에서는 '고양이로 변한 연인과 기차 여행을 하고 있다!'라는 느낌으로 즐겁기까지 했으나 그의 부모님 집으로 향하는 버스를 타고 있으니 점점 현실감이 커져갔다.

'그의 부모님은 고양이로 변한 그를 보고 뭐라고 하실까? 너무 놀라서 울음을 터뜨리시면 어쩌나.' 그런 걱정으로 속이 심란해졌다. 다른 걱정도 있었다. 그의 부모님이 그를 두고 가라고 할 수도 있을 것 같았다. 서울에 있는 집으로 돌아갈 때는 나 혼자일 수도 있겠다고, 나는 마음의 준비를 했다. 그런 생각을 하니 무척 쓸쓸해졌다. 같이 있는 게 마지막일 수도 있겠다고 생각하니 그가 너무 애틋해져서 그가 든 가방을 꼭 껴안고 가방에 손을 넣어 그를 만졌다. 그의 부모님이 그를 놓고 가라고 한다면 거부할 수 없을 것이다. 생각만 해도 눈물이 날 것 같았다. 내릴 정류장이 가까워졌을 때는 실제로 눈물이 조금 나버렸다. 버스가 아니었다면 소리 내어 엉엉 울었을지도 모른다.

물리법칙은 나의 마음과는 아무 상관 없는 것이어서 버스는 계속 앞으로 갔고 곧 정류장에 도착했다. 나는 그가 든 가방을 안고 버스에서 내렸다. 그의 부모님이 사는 동네는 조용한 시골 마을이었다. 옅은 빛깔의 푸석한 흙이 깔린 길을 고양이로 변한 그가 들어 있는 가방을 안고 걸었다. 그가 혹시 밖으로 튀어 나갈까 걱정이 되어서 이번에는 지퍼를 끝까지 다 닫았다. 그는 몸부림치거나 하지 않고 가만히 있었다. 가방 안에서 야옹야옹 울기는 했다.

"답답하지? 조금만 참아줘. 금방 도착할 거야."

나는 가방에 대고 속삭이며 그를 달랬다.

그의 부모님 집 대문은 열려 있었다. 대문 안으로 들어가자마자 그의 부모님이 보였다. 그의 부모님은 마당을 서성이고 있다가 내가 들어가자마자 눈을 크게 뜨고 우리를 맞았다. 나는 가방을 땅에 내려놓고 지퍼를 연 다음 그를 꺼냈다. 내가 그를 바닥에 내려놓기도 전에 그의 아버지가 다가와서 그를 안았다.

"네가 내 딸이냐? 네가 ○○ 맞아?"

그는 야옹거리며 아버지에게 얌전히 안겼다. 그는 아버지와 사이가 좋았다. 그가 아버지를 알아보는 건 분명해 보였다.

"얘가 ○○이라고?"

그의 어머니가 옆으로 와서 남편의 품에 안긴 고양이를 보며 물었다. 당연하지만, 바로 믿기지가 않는 모양이었다. 그가 고양이로 변할 때의 영상이라도 찍어두었다면 증명이 쉬웠을 테지만, 우리 같은 경우에는 그럴 경황이 없었다. 그가 순식간에 거대 고양이가 내민 종이에 '예'를 선택하고 서명을 해버렸으니까. 어떤 사람들은 그 종이에 '예'라는 표시를 하기도 전에 휴대전화 카메라를 켜고 영상을 찍어두기도 했다고 한다. 준비성이 철저한 사람들이다.

"가만 보자."

그의 어머니가 고양이가 된 그의 눈을 들여다보았다. 그의 몸을 만져보기도 했다.

"우리 애가 맞네! 우리 애가 맞아."

그의 어머니가 어떻게 알아보았는지는 모르겠다. 그의 어머니는 그의 눈을 들여다보고, 몸을 만져보는 것만으로도 그가 자신의 딸이라는 것을 분명히 알아볼 수 있는 듯했다. 하지만 생각해보면 나도 그랬을 거다. 그가 다른 집(예를 들어 친구 집이나 부모님 집)에 있다가 고양이가 되어 돌아왔다면, 나는 보자마자 그를 알아볼 수 있었을 것이다. 그는 고양이가 되었어도 그였다. 내가 사랑하는 그 사람만이 가지고 있는 특유의 느낌이나 분위기 같은 것이 있었다. 방 안에 고양이가 가득 차 있다고 해도 나는 금방 그를 알아보고 골라낼 자신이 있다.

그의 어머니는 울었다. 감정이 복받치는 듯 목에서 울

음이 시작되는 소리가 났는데, 그러자마자 얼굴을 가리
고 집으로 들어갔다. 그의 아버지는 그저 그를 껴안고
있었다. 나는 어색하게 마당에 서 있었다. 그의 아버지
는 멀리 허공만 바라보았다.

"미안해요."

시간이 좀 지난 뒤 그의 어머니가 마당으로 다시 나
와서 말했다. 얼굴에는 운 기색이 역력했다.

"들어가서 얘기하지. 추운데."

그의 아버지가 말했다. 우리는 집으로 들어가 거실에
앉았다. 그의 집 거실은 볕이 잘 들어서 아늑했다. 그의
아버지가 그를 내려놓았다. 그 사이 나는 소파에 앉았
는데, 그는 바로 내 옆으로 와서 몸을 착 붙였다. 그의
아버지가 그를 한번 보고는 소파에 앉았다.

"우리 딸은 그쪽이 좋은가 봐."

"그쪽이 아니고 ㅁㅁ."

그의 어머니가 내 이름을 말해주었다.

"그래. ㅁㅁ."

그의 아버지가 순순히 고개를 끄덕였다. 나는 잠자코
있었다. 내가 뭐라 불리든 이 상황에서 전혀 신경 쓰이

지 않았지만, 그의 어머니에게 감사하기는 했다.

"우리 딸이라면 그럴 수도 있겠다 싶어서 밤새 잠을 못 잤어."

그의 어머니가 말했다. 그의 부모님 앞에도 간밤에 거대 고양이가 나타났을 거다.

"좀 더 일찍 연락을 드릴걸. 저도 경황이 없어서."

"당연하지. ㅁㅁ도 얼마나 놀랐겠어."

나는 고개를 끄덕였다. 그러고 보니 거대 고양이가 나타났던 순간부터 그의 부모님과 함께 앉아 있던 그 순간까지 나는 좀 제정신이 아니었던 것 같다. 이성을 잘 부여잡고 있다고 생각했지만, 사실은 너무 놀라고 당황해서 감정이 오락가락하고 어딘지 붕 뜬 기분이었다. 그의 부모님 앞에 앉아서 이야기를 하고 있으니 그제야 제정신이 서서히 돌아오는 듯했다. 가슴이 불안하게 두근거렸다. 계속 심장이 그런 식으로 불안하게 뛰고 있었는데 모르고 있었던 것 같기도 했다. 그걸 의식하니 나도 모르게 눈물이 났다. 버스에서는 조금 나고 말았지만, 이번에는 줄줄 흘러내렸다. 나는 소매로 눈물을 닦고 또 닦았다.

"어떻게 해야 할지 모르겠어요."

"아이구. 얼마나 놀랐어."

그의 어머니가 내게로 다가와서 등을 토닥였다. 사람은 왜 누가 등을 토닥여주면 위안이 되는 것일까? 그의 어머니의 손은 무척 따뜻했다. 그의 아버지는 가만히 앉아 있었지만, 눈빛은 차갑지 않았다.

"뭘 울고 그래요. 뭐가 울 일이라고."

그의 아버지가 내게 말을 건넸다. 나는 민망해하며 눈물을 마저 닦았다.

"괜찮아요. 괜찮아."

그의 어머니는 나에게는 그렇게 말하면서도 자신도 얼굴을 돌리고 눈물을 닦았다.

"누가 억지로 이렇게 만든 것도 아니고, 자기가 선택한 건데 뭐. 자기가 이렇게 되고 싶다는데 어쩔 수 있나. 이렇게 잘 살면 되지. 고양이는 목숨이 아홉 개라잖아."

그의 아버지가 그렇게 말하자 그의 어머니가 살짝 타박했다.

"저 사람은 이런 상황에 농담이야."

그의 어머니가 남편에게 눈을 흘겼다. 분위기가 풀리

니 조금은 안심이 되어 웃음이 나왔다.

"그래서 어떻게 하고 싶어요?"

그의 아버지가 내게 물었다.

"글쎄요. 어떻게라고 하시면?"

나는 무슨 뜻인지 정확히 모르겠어서 되물었다.

"우리 딸이랑 앞으로도 계속 같이 살고 싶어요, 아니면 여기에 두고 가는 게 마음이 편하겠어요?"

"저는 같이 가면 좋지요."

나는 바로 대답했다. 그 부분에 있어서는 조금도 고민이 되지 않았다. 할 수 있다면 그가 고양이가 되었다 해도 계속 함께 살고 싶었다.

"한번 데려가면 끝까지 책임져야 하는데, 자신 있겠어요? 도중에 못 하겠다고 우리한테 데려오면 안 돼요."

"이 사람이. 못 하겠으면 당연히 우리한테 데려와야지."

그의 어머니는 남편을 살짝 윽박지르고는 나를 보며 당부했다.

"일단 데리고 갔다가 힘들면 언제라도 다시 데리고 와요. 어디 길에만 안 버리면 돼. 그래줄 수 있죠?"

"당연하죠. 버리다니, 말도 안 돼요. 제가 평생 같이 잘 살게요. 잘 돌보겠습니다."

그는 나와 그의 부모님 사이에 오가는 말을 알아들은 것인지 아닌지 그저 내게 몸을 붙이고만 있었다.

"그래, 그래."

내가 그를 쓰다듬자 그가 앞발로 내 허벅지를 누르며 내 품에 안겼다. 나는 그의 등을 부드럽게 두드렸다.

"같이 가야겠네. 저렇게 꼭 붙어 있는 걸 뭐."

그의 아버지가 말했다. 그의 어머니는 내 품에 안겨 있는 그를 바라봤다. 그 눈빛이 하도 애틋해서 그를 데리고 가는 게 그의 어머니에게 미안하게 느껴졌다. 어머니의 눈빛이 내 가슴을 찌르는 것 같았다.

"제가 데려가도 괜찮을까요? 마음이 안 좋으시면 ○○은 며칠 여기 있어도 되고요. 데리고 계시다가 연락해주시면 제가 다시 와서……."

"뭐 하러 그래요. 번거롭게. 이번에는 그냥 데리고 같이 가고, 시간 날 때 한 번씩 오면 되지."

"그래, 그래요. 부담스럽게 생각하지 말고, 진짜 시간이 날 때, 그럴 때 같이 놀러 와요."

"네, 그럼요. 한 번씩 연락드리고 찾아뵐게요."

"그래도 ○○한테 좋은 친구가 있어서 다행이야."

그의 어머니가 안심이라는 듯 말했다. 그의 어머니도 내가 그의 친구이기만 하지는 않다는 건 알고 있었다. 그의 아버지는 모르고 있는 줄 알았는데, 이번에 보니 어느 정도는 알고 있던 모양이었다. 그의 아버지는 다른 말 없이 그를 보며 고개를 끄덕거렸다.

우리는 곧 마당으로 나갔다.

"마지막으로 한 번 더 안아보자, 내 딸."

그의 아버지가 팔을 뻗었다. 나는 그를 안고 있다가 그의 아버지에게 넘겨주었다. 그의 아버지는 그를 품에 안고 눈을 지그시 바라보았다. 그도 아버지를 바라보았다. 그의 아버지는 그를 오래 안고 있지 않고 한 번 눈을 길게 맞춘 뒤 나에게 다시 돌려주었다.

"그럼 조만간 같이 다시 오겠습니다."

"그래, 바쁜데 자주 안 와도 돼."

그의 어머니가 내 어깨를 두드리며 말했다.

"아니에요. 구정 때 올게요."

"그래요. 그때는 자고 가도 되겠네."

그의 아버지가 말했다.

"아이, 부담 주지 마요. 안 자고 가도 돼. 그냥 와서 밥만 먹고 가."

그의 어머니가 남편을 보며 말했다.

"부담 안 돼요. 다음에 올 때는 자고 갈게요. 이번에는 너무 경황없이 와서. 금방 가서 죄송해요."

나는 배낭 안에 있는 잠옷을 떠올리며 말했다. 하룻밤 자고 갈 수도 있겠다고 생각했지만, 막상 와보니 무리일 것 같았다. 나도 아직 혼자 추스를 시간이 필요했고, 그의 부모님도 내가 잠까지 자고 가는 것은 부담일 수도 있을 듯했다. 그의 부모님에게 나는 가족보다는 손님에 가까운 존재이니 말이다. 그의 어머니도 괜한 소리를 한다는 듯 나를 다독였다.

"아냐, 와준 것만으로도 고맙지. 이러다 어두워지겠다. 얼른 가요. 집에 가서 편하게 자."

그의 어머니가 휘휘 가라는 손짓을 했다. 나는 그의 부모님에게 고개를 숙여 인사하고 대문 밖으로 나왔다. 그의 어머니가 따라 나와서 내 품에 안긴 그의 머리를 쓰다듬었다.

"너도 잘 가고. 건강히 잘 있어라."

나는 그를 그의 어머니에게 안겨주었다.

"하여튼 얘는 옛날부터 유난스러웠어. 세상에 영 적응을 못했지. 내가 봐도 인간보다는 고양이로 사는 게 더 어울려. 네가 봐도 그렇지?"

그의 어머니가 그를 품에 안고 나에게 말했다. 그의 어머니가 문득 말을 낮추어 편하게 말해주어서 나도 조금 더 편해졌다. 나는 그저 "네" 하고 대답했다.

"필요한 거 있으면 연락해요. 얘는 이제 사료 같은 걸 먹나? 사료 좀 사서 보내줄까? 아니면 돈을 부쳐줄까?"

"아니에요. 먹는 것 정도는 제가 사야죠. 오늘은 닭가슴살 먹였어요. 아무래도 사람이었으니까 사료 같은 걸 먹기는 힘들 것 같아서. 당분간은 닭가슴살이나 달걀 같은 걸 먹이고, 먹일 수 있는 걸 더 찾아보려고요."

"아마 쇠고기나 생선 같은 것도 먹을 거야."

"그럴 것 같아요."

우리가 얘기를 나누는데 그의 아버지가 대문 너머에서 아내를 불렀다.

"무슨 얘기를 그렇게 오래 해. 해 떨어지겠다며. 얼른 보내줘. 그래야 가서 쉬지."

"내가 뭘 그렇게 오래 얘기했다고 그래! 잠깐 얘기했구먼."

그의 어머니가 남편에게 소리쳤다.

"택시 불러줄게. 택시 타고 가."

그의 어머니가 내게 말했다.

"제가 앱으로 부를게요."

내가 휴대전화로 택시를 호출하고 기다리는 동안, 그의 어머니는 그를 가방에 넣고 옷가지로 감쌌다.

"추우니까 이렇게 따뜻하게 하고 가야지."

그의 아버지도 대문 밖으로 나와서 말을 보탰다.

"너무 감싸면 답답해. 이제 동물이니까 털이 있잖아. 동물은 사람보다 추위를 안 타."

"동물도 추위를 타지. 그리고 얘가 원래 동물이었어? 지금도 동물은 아니지. 아직은 사람이지."

"동물로 변했으니 동물이지 왜 사람이야."

"당신은 딸을 동물이라고 하고 싶어?"

"동물이니까 동물이라고 그러지. 사람은 아니잖아."

"아직은 사람이라고."

그러는 사이에 택시가 왔다. 그의 부모님은 택시가 시

야에서 사라질 때까지 손을 흔들다 집으로 들어갔다. 택시 기사는 말이 없는 사람이었다. 나는 그가 든 가방을 옆좌석에 놓고 생각에 빠졌다. 그는 이제 동물인 걸까? 그의 어머니처럼 나도 아직은 그가 동물보다는 사람인 것 같았다. 동물이든 사람이든, 그는 그였다. 그는 여전히 내게 고유한 존재였다. 그는 고양이로 변한 그였다. 일단은 그 정도로 생각하기로 했다. 더 깊은 생각은 다른 사람들이 할 것이다.

　2주 뒤에는 그를 데리고 구청으로 갔다. 세계적으로 전례 없는 사건이 터져서 정부는 혼란에 빠진 듯했다. 이번 일에 한국 정부가 특별히 어떤 역할을 했다거나 잘못이 있다거나 하지는 않아 보였지만, 정치인들은 이때가 기회라는 듯 서로를 헐뜯는 데에 골몰했다. 야당은 집권당이 고양이 사태에 대한 대응을 제대로 하지 못하고 있다고 맹렬히 비난했고, 집권당은 이번 사태는 전 세계적이며 합리적인 인과를 뛰어넘은 일이라고 열심히 방어했다.

내가 보기에 정부의 대응은 그 정도면 신속한 것 같았다. 대응 부서도 금방 꾸려졌다. 대응 부서에는 여러 전문가가 합류했는데, 그중에는 고양이를 잘 돌보는 것으로 유명한 수의사도 있었다. 정부는 우선 고양이로 변한 사람이 얼마나 되는지 그 숫자를 파악하려고 했다. 고양이로 변한 사람의 가족 혹은 고양이로 변한 사람과 함께 살던 사람은 구청에 가서 신고를 해야 했다.

우리 집에는 큰 변화가 없었다. 캣타워가 생긴 정도랄지. 고양이가 된 그를 위한 밥그릇도 따로 사지 않았다. 그는 사람이었을 때 쓰던 접시와 밥그릇을 쓴다. 나는 그가 좋아하던 그릇 몇 개를 돌려가며 그에게 밥을 준다. 처음 며칠은 닭가슴살과 달걀을 주었는데, 질리려나 싶기도 하고, 고양이가 된 몸에는 역시 고양이 밥이 건강에 좋지 않을까 싶어서 사료도 사봤다. 무슨 맛을 좋아할지 모르겠어서 일단은 무난하게 닭고기 맛을 사서 접시에 담아 줬다. 그는 머뭇거리며 접시를 한참이나 관찰하다가 30분쯤 지나서 사료 하나를 혀로 날름 먹었다. 그러고는 맛이 괜찮았는지 조금 더 먹었다. 하지만 여전히 사료보다는 닭가슴살을 훨씬 더 잘 먹는다. 그에게도 적응할 시간이 필요하겠지 싶어서 나도 그냥 닭가슴살을 삶아서 주고 있다. 익숙해지면 좋을 것 같아서 사료도 작은 그릇에 담아 옆에 놓는데, 그는 킁킁거리다 말 때가 많다. 아예 쳐다도 안 볼 때도 있고.

캣타워는 마음에 들어 하는 것 같다. 다른 고양이들처럼 그도 캣타워 꼭대기에 올라가 창밖을 보는 것을 좋아한다. 생각해보면 사람도 높은 곳에 올라가서 창밖을 보는 것을 좋아한다. 전망대라든지, 뷰가 좋은 스카이라운지라든지. 그 역시 사람이었을 때도 창밖을 보는 것을 좋아했다. 전망대도, 뷰가 좋은 곳도 좋아했다.

고양이가 된 그는 캣타워에 올라가서 창밖을 하염없이 보고 있거나, 낮잠을 자거나 할 때가 많다. 밤에는 어둠 속에서 눈을 빛내며 집 안을 돌아다닌다. 고양이로 사는 것이 꽤 잘 맞는 것 같다. 리본에는 별 흥미가 없는 듯했지만, 날 위해서 펄쩍 뛰어주며 노는 시늉 정도는 한다. 내가 일을 마치고 집에 들어가면 그는 나를 졸졸 따라다닌다. 내가 의자나 바닥에 앉아 있을 때는 내 무릎에 앉는 걸 좋아하고, 내가 침대에 누워 있으면 옆에 와서 내 옆구리쯤에 웅크리고 있거나 내 얼굴을 빤히 쳐다본다. 그러다 혀로 내 얼굴을 핥기도 한다.

구청에 가기 전날, 나는 그에게 물었다.

"계속 나랑 같이 살고 싶어?"

그는 나를 빤히 보면서 야옹 하고 울었다. 그게 동의의 뜻이었는지 아닌지 확신할 수는 없었지만, 나는 그가 "응"이라고 대답했다고 생각하기로 했다.

다음 날에도 그와 함께 나가기 전에 이동장(며칠 전에 인터넷으로 주문한 것인데, 그의 취향에 잘 맞는 연한 그레이색의 심플한 물건이다. 그는 그 물건이 꽤 마음에 들었는지 밖으로 나가지 않을 때도 자주 그 안에 들어가 있다)을 열고 물었다.

"여기 들어가면 이제 내가 당신의 보호자가 되는 거야. 어떻게 할래?"

그는 망설임 없이 이동장 안으로 들어갔다. 이번에도 그게 동의의 뜻인지 알 수 없었지만, 그가 최근의 생활에 꽤 만족하고 있는 것 같으므로 나는 그가 나랑 사는 걸 싫어하지는 않는다고 받아들였다.

구청에 가보니 부스가 따로 마련되어 있었다. 아무래도 고양이 사태에 휩쓸려 일반적인 업무가 마비되면 곤란하기 때문인 것 같았다. 고양이 이동장을 들고 구청 한구석에 있는 부스로 가니 직원인지 아르바이트생인지 모를 사람이 나에게 다가왔다.

"고양이로 변한 분 등록하러 오셨어요?"

"네."

"관계가 어떻게 되시죠?"

"같이 사는 친구예요."

"가족이 아니시면 위임장하고 등본이 필요한데, 가져오셨어요?"

"네, 챙겨 왔어요."

나는 구청에 가기 전에 그의 부모님에게 전화를 해서 필요한 서류를 미리 받아놓았다. 내가 서류를 꺼내려하니 안내하는 사람이 부스 안쪽을 가리켰다.

"저기로 가셔서 보여주시면 돼요."

안내하는 사람은 중년 여자였다. 우리 엄마와 비슷

한 나이일 것 같았다. 친절한 사람이었다. 나는 그 사람에게 종이와 펜, 빳빳한 받침대를 받아 들고 줄을 섰다. 사람들이 빳빳한 받침대에 종이를 대고 펜으로 항목을 채우고 있었다. 나도 똑같이 했다. 그 종이에는 고양이로 변한 사람의 인적 사항과 나의 인적 사항, 그와 나의 관계를 적도록 되어 있었다.

나는 그와 나의 관계를 적는 칸에 '동거인'이라고 적었다. 그것이 우리 관계를 가장 담백하게 설명하는 말이었다.

줄이 생각보다는 금방 줄어들었다. 이번에는 그야말로 '파악'이 목적이어서 그리 복잡한 것은 없는 듯했다. 내 차례가 되자 긴장이 되어 목이 말랐다. 나는 준비한 서류들을 손에 쥐고 직원 앞으로 갔다. 이 일을 담당하고 있는 구청 직원은 목에 자신의 이름과 직함이 적힌 카드를 걸고 있었다. 갈색 니트 조끼에 재킷을 걸친 차림이었고, 안경을 쓴 30대 후반 정도 되어 보이는 남자였다. 나는 그가 빤질거리는 인상이 아니라 마음에 들었다. 빤질거리는 젊은 남자들은 정말 딱 질색이다.

그는 하얀색 간이 테이블과 세트처럼 어울리는 검은

색 철제 의자에 앉아 있었다. 나는 그에게 서류와 나의 신분증, 그리고 고양이로 변한 그의 신분증을 내밀었다. 그는 그 모든 것을 꼼꼼히 살펴보고는 나에게 물었다.

"가족분들께 위임받으셔서 선생님을 고양이로 변한 분의 보호자로 신청하시는 것, 맞으세요?"

"네, 맞습니다."

"이번 등록은 일단은 급한 일들 처리하시라고 임시로 하는 거고요, 나중에 정식 절차 밟으셔서 다시 신청하셔야 합니다. 이 부분 동의하시는 거고요?"

"네."

"저희가 한번 확인을 거쳐야 하기는 하는데, 그 확인만 끝나면 임시 보호자로 등록되십니다. 병원 같은 곳에서 효력이 있고요. 재산상의 권리는 행사할 수 없으세요. 그건 정식 절차 밟으신 후에 어떻게 되는지 봐야 할 것 같아요. 그 부분은 아직 정부에서 지시가 내려온 게 없어서요. 좀 복잡한 문제라."

"네, 그쵸. 재산은 좀 복잡한 문제죠."

나는 고개를 끄덕였다. 그는 나를 한번 보고 어떤 종이에 도장을 찍어 내게 주었다. 그는 불친절하지는 않았지만, 한 번도 웃지 않았다. 그도 같이 사는 사람이 고양이로 변한 건 아닐까? 부모님이나 아내 아니면 남자친구가.

"그건 구청에서 임시 보호자 등록 완료하셨다는 확인증이니 잘 보관해주시고요, 휴대전화로 링크도 갈 거예요. 링크 누르셔서 확인 버튼 누르시면 온라인 확인증도 발급됩니다."

"끝인가요?"

"네, 가시면 됩니다."

"감사합니다."

나는 그에게 인사를 하고 부스에서 나왔다. 링크는 바로 전송됐다. 그의 말대로 링크를 누르고 확인 버튼을 누르니 온라인 확인증이 휴대전화에 저장됐다. 나는 이제 고양이로 변한 그의 보호자였다. 임시이긴 했지만. 좀 얼떨떨했다. 이렇게 쉽게 이런 일이 이루어지다니. 나는 이제 병원에서도 그의 보호자로 나설 수 있게 됐다. 병원에서만이 아니라 어디서든 이제 내가 그의 공식적인 보호자다.

그가 사람이었을 때는 언제 그런 날이 올지 요원하기만 했다. 우리는 함께 살면서부터 항상 우리가 서로의 공식적인 보호자가 되기를 바랐다. 그런데 갑자기 우리가 꿈꾸던 일이 반은 이루어졌다. 이런 식으로 이루어지길 바란 건 아니었지만, 그래도 내가 그의 보호자로 등록됐다니 기분이 나쁘지 않았다.

이제 우리는 어디서든 우리의 관계를 얼버무리지 않고 매우 명확하게 말할 수 있게 되었다. 나는 그의 동거인이자 보호자였다. 가족에게 위임받은 공식적인 보호자.

나는 고양이로 변한 그의 신분이 어떻게 변할지 궁금했다. 나중에는 새로운 신분증이라도 나오는 걸까? 고양이로 변한 사람도 등본에 계속 들어갈까? 아니면 빠지게 되나? 여러 가지 복잡한 문제는 아마도 몇 년에 걸쳐 서서히 정리될 듯했다. 어떤 일은 몇십 년이 걸릴지도 모른다. 일을 제대로 처리하자면 말이다.

신청이 너무 금방 끝나서 허무하기도 했다. 잘은 모르지만, 좀 더 엄격한 검증 절차가 있을지도 모른다고 생각했다. 고양이로 변한 그가 진짜 그가 맞는지 확인하기 위한 절차라거나, 고양이로 변한 그에게 수의사 같은 사람이 몇 가지 질문을 던진다거나. 그런데 구청에서는 고양이로 변한 그는 아예 쳐다보지도 않았다. 아마도 원래부터 고양이였던 고양이와 얼마 전까지는 사람이었던 고양이를 구분하는 방법을 아직 아무도 모르기 때문일 것이다.

나는 얼른 그에게 내가 받은 확인증을 보여주고 싶어서 안달이 났다. 하지만 길에서 이동장을 열었다가 그가 튀어 나가기라도 할까 봐 두려웠다. 그에게 그새 고양이로서의 본능이 생겼을지도 몰랐다. 집에 있을 때 그에게선 밖에 나가고자 하는 의지 같은 것이 전혀 느껴지지 않지만, 또 모를 일이다.

그와 나는 새로운 관계가 되었다. 나는 그의 재산을 가지지는 않을 것이다. 재산 문제는 복잡한데, 나는 복잡한 일이 싫다. 그의 재산은 그의 부모님에게 드릴 것이다. 우리가 사는 집은 월세고, 보증금은 그와 내가 반씩 부담했다. 나중에 그의 재산을 정리할 때 집 보증금의 반을 그의 부모님께 드려야 할지도 모른다. 그때는 다른 집을 구하면 된다.

"일단 신청은 다 했어. 바로 집으로 가자. 뭐 먹고 싶은 거 있어?"

내가 이동장에 대고 말하자 그가 야옹 하고 울었다.

유진군

거대 고양이가 나타났던 새해 자정에 나는 세상모르고 쿨쿨 자고 있었다. 간밤에 그 난리가 났는데 전혀 몰랐으니 말 그대로 '세상모르고' 잤다. (이런 말은 누가 만들어낸 건지 신기하다.) 오전에 일어나보니 세상이 온통 그 얘기였다. 사람이 고양이로 변하다니. 그것도 거대한 고양이가 나타나서 종이를 내밀고 선택을 하라고 했다니. 그런 만화 같은 일이 일어났다는 게 처음에는 도무지 믿기지 않았다. 친구들이 있는 단톡방에도 메시지가 쌓여 있었다.

　—밍키는 왜 대답 안 해? 고양이 됐어?

　'밍키'는 나다. 나는 그 메시지를 보자마자 바로 답을 했다.

—아직 사람입니다.

—프공은?

프공은 '프릴 공주'라는 뜻이다. 다섯 명이 있는 단톡
방에서 프공만 아직 답이 없었다. 메시지를 읽지도 않
아서 단톡방의 모든 메시지에 '1'이 달려 있었다. 나는
불안해져서 주섬주섬 짐을 챙겼다. 옷도 대충 갈아입었
다. 나가기 전에 현관에서 거울을 보니 꼴이 말이 아니
었다. 추리닝이나 다름없는 바지(상품명은 '트랙 팬츠'였다)
에 회색 후드 집업. 부스스한 머리는 돌돌 말아 집게 핀
으로 고정했다.

프공은 하루를 시작하는 시간이 나와 비슷하다. 보통
은 오전 10시쯤 잠에서 깨지만, 한두 시간 정도는 침대
에서 뒹굴거린다. '아마 자고 있는 거겠지. 인스타를 보
면서 뒹굴거리고 있거나.' 나는 그런 생각으로 불안을
가라앉히며 프공의 집으로 갔다.

프공의 집은 우리 집에서 40분 정도 걸린다. 버스로
지하철역까지 간 다음 열차를 타고 열한 정거장. 아주

가깝다고는 할 수 없다. 그래도 나는 꽤 자주 프공의 집에 놀러 간다. 한 달에 한두 번은 자고 오기도 한다.

우리는 스물넷. 대학도 졸업했다. 아직 젊어서 뭐라도 할 수 있는 나이라고들 하기는 하지만, 늑장을 부리고 있을 수만도 없는 나이다. 뭐든 할 수 있는 일을 찾아야 한다는 압박감이 무거워서 항상 짓눌려 있는 느낌이다.

어디든 이력서를 넣을 때 긴 공백이 있으면 불리하다고 한다. 아르바이트든, 계약직이든, 자격증 학원이든, 어학연수든, 그도 아니면 여행이라도 해서 시간을 그냥 흘려보내지 않고 나름대로 의미 있게 보냈다는 어필을 해야 한다.

친구들끼리 만나면 서로 그런 얘기들을 하며 같이 초조해한다. 혼자 안고 있으면 불안이 점점 더 커지니까 그 불안에 잡아먹히지 않기 위해서 친구들을 만나 수다로 털어버리려는 건 알지만, 나는 그런 날이면 외려 이상할 정도로 지치고 힘들어져서 여럿이 만나는 모임에는 점점 나가지 않게 되었다. 이러다 고립 상태가 되는 것이겠지만, 할 수 없다. 당장은 다른 사람들의 불안까지 품고 싶지 않다. 그럴 여유까지는 없다.

나는 지금 아무 일도 하지 않고 있다. 직업은 물론이고, 하고 있는 공부도 없다. 딱히 준비하고 있는 것도 없고, 아주 좋아하는 일이 있는 것도 아니다. 그나마 좋아하는 것은 영화 보기나 책 읽기 정도인데, 그게 인생에 도움이 되는 것 같지는 않다.

예쁘지도 않고, 옷을 잘 입거나, 집을 예쁘게 꾸미는 것 같은 취미도 없다. 그저 그렇게 하루하루를 흘려보내고 있다. 문제는 내가 이런 일상을 만족스러워하고 있다는 것이다. 나는 별일 없이 흘러가는 조용한 일상이 좋다.

부모님 집에 살면서 가끔 아르바이트를 한다. 백화점 지하 식품관에 있는 매장이나 프렌차이즈 카페 같은 곳에서. 그런 일자리는 구하기 어렵지 않다. 풀타임으로 여러 달을 바짝 일하기도 하고, 단기로 잠깐씩 일하기도 한다.

지난주까지는 프공이 사는 동네에서 카페 아르바이트를 했다.

"집에서 좀 멀지 않아요?"

면접을 볼 때 카페의 사장님이 물었다. 집이 멀면 다

니기 힘들어서 금방 그만둘까 봐 걱정하는 것 같았다.

"친한 친구가 이 동네에 살아서 자주 와요. 그 친구도 볼 겸."

내가 그렇게 대답하자 사장님은 "친구가 좋을 나이죠" 하고 말했다. 나보다 스무 살쯤 많은 사장님이었다. 나는 그 카페에서 넉 달 정도 일했다. 여섯 달까지 일했으면 그만둔다고 말할 때 훨씬 덜 미안했겠지만, 넉 달도 나에게는 충분히 긴 시간이었다.

일주일에 세 번. 하루에 일곱 시간. 고작 그 정도의 일인데도 괴로웠다. 할 만하다가, 지옥 같다가, 조금 재밌었다가 일분일초가 천근만근 같았다가. 일을 하면 항상 그런 시간이 반복된다. 인생이라는 것이 이렇게 끝없이 의미 없는 노동을 반복하는 것인가? 그러다 취직을 하면 사무실에 갇혀서 하루에 여덟 시간씩 일하고, 적당한 사람을 만나 결혼을 하고, 아이를 낳아 기르고, 아이를 대학에 보내고, 아이는 어른이 되어 내가 살았던 것과 같은 무의미하고 고된 인생을 산다. 그건 너무 끔찍하지 않나?

그렇지만 일을 그만두면 인생이 천국이다. 좋은 전시

도 보러 가고, 카페에 가서 여유로운 시간을 보내고, 강가나 숲에서 산책이나 피크닉을 하기도 하고, 짧은 여행을 가기도 한다. 영화나 책도 실컷 본다. 쉬고 싶은 날은 종일 내 방 침대에 누워 뒹굴거릴 수도 있다. 틈틈이 청소나 설거지나 빨래나 요리 같은 집안일을 해두면 엄마도 별 잔소리를 하지 않는다.

하지만 그것도 돈이 있을 때 얘기다. 잔고가 0이 되거나 그에 가까워지면 다시 일을 구해야 한다. 하루살이 인생이다.

프공의 집 앞에서 초인종을 눌렀다.

"무슨 일이야?"

프공이 문을 열고 나왔다. 프공은 오늘도 프릴과 레이스가 잔뜩 달린 원피스를 잠옷으로 입고 있었다. 쭈글쭈글한 시폰 소재의 빈티지한 화이트 드레스였다. 허리는 드레스에 달린 끈으로 느슨하게 묶었고, 기장은 길어서 발목만 드러났다. 발에는 하얀색 폼폼이 달린 북슬

북슬한 딸기우유색 슬리퍼를 신었다.

주기적으로 염색하는 금발 머리는 구불구불하게 웨이브가 들어가 있었다. 웨이브가 짱짱하지 않고 늘어진 걸 보면 어제 오후나 초저녁쯤 고데기를 한 것 같았다. 화장은 애초에 안 한 것인지 클렌징을 한 것인지 방금 세수를 한 것처럼 맑고 깨끗했다. 눈썹은 안 그려서 반 토막밖에 없었지만, 입술에 틴트는 발랐다. 머리부터 발 끝까지 사랑스러운 차림새였다.

"카톡에 1이 안 없어지길래."

그렇게 말하는데, 프공의 뒤에 고양이 한 마리가 보였다.

"얜 누구야?"

"일단 들어와."

프공이 내가 들어올 수 있도록 현관에서 물러나는 동 안 고양이는 나를 빤히 바라보고 있었다. 밝은 푸른빛 눈이었다. 도도해 보이기도 하고, 겁을 먹은 것처럼 보이기도 했다.

"혹시 이 고양이, 사람이야?"

"아, 몰라. 어제 앱으로 만난 앤데 갑자기 고양이가 되어버렸어. 남의 집에서 고양이가 되는 건 민폐 아냐?"

프공은 미간을 찌푸리며 짜증을 내더니 고양이가 자기를 보자 곧바로 표정을 풀고 어르는 소리를 냈다.

"너보고 한 소리 아냐. 어이구, 예뻐."

"쟤보고 한 소리 맞잖아."

"조용히 해."

프공이 고양이의 눈치를 보며 손가락을 입술에 가져다 댔다.

"진짜 잘생긴 고양이네. 러시안블루인가?"

고양이는 가슴 부분과 얼굴 주변은 베이지빛이 도는 흰색이고, 귀와 얼굴, 꼬리는 석탄을 묻힌 것처럼 까맸다. 등은 재가 묻은 것처럼 거뭇거뭇했다. 덩치는 크지 않았다. 우리 동네 길고양이들보다 몸집이 작고 호리호리했다. 어쨌든 감탄이 절로 나올 만큼 예쁜 고양이였다.

"샴일걸."

프공은 무심한 듯 말하고는 그다음 말을 내 귀에 대고 속삭였다.

"사람일 때도 엄청 예뻤어."

"여자애?"

"남자애. 아니다. 모르겠어."

"그게 무슨 말이야?"

"얘기가 좀 길어. 아침은 먹었어?"

프공은 겉으로는 까칠한 듯하지만 친해지고 보면 은근히 다정한 성격이다. 내가 아침도 안 먹고 바로 왔다고 했더니 프공이 바로 배달 앱을 켰다.

"뭐 먹을래?"

"맥도날드."

프공의 집은 '맥세권'이라 나는 종종 기회를 놓치지 않고 맥도날드 배달을 부탁한다.

"맥모닝은 끝났어."

"그렇겠지. 그럼 난 빅맥, 아니 슈비버거가 나으려나?"

"아무거나 시켜."

"넌 뭐 먹을 건데?"

"난 상하이지. 그거랑 커피. 아메리카노 말고 드립으로."

프공은 자기가 먹을 걸 장바구니에 담은 다음 나에게 휴대전화를 넘겼다. 나는 메뉴를 보며 진지하게 무엇을 먹을지 골랐다. 결국엔 배가 별로 고프지 않아서 버거 대신 맥너겟 네 개와 콜라를 장바구니에 담았다. 맥너겟 소스는 한 가지 맛을 더 추가해서 두 가지 맛으로. 디저트는 오레오 맥플러리로 했다.

"알차게도 골랐네."

프공은 내가 고른 것들을 보고 피식 웃고는 치킨랩도 하나 추가했다.

"고양이가 치킨 먹어도 되나?"

프공이 물어서 나는 고개를 저었다.

"몰라. 근데 왠지 안 될 것 같은데. 양념이 되어 있잖아."

"차라리 편의점에서 통조림을 사 올까?"

"그게 나을 것 같아."

"귀찮은데."

"내가 갔다 올게."

"아냐, 같이 가."

프공은 하얀색 롱패딩을 입고 지퍼를 끝까지 채운 다음 발목까지 올라오는 하얀색 락피시 패딩 부츠를 신었다.

"넌 진짜 하얀색이 잘 어울려. 피부가 하얘서 그런가."

나는 새삼 감탄하며 말했다.

"그래?"

프공은 아무렇지 않게 대답하려 하는 것 같았지만 부끄러워하는 게 눈에 보여서 귀여웠다. (프공은 부끄러우면 귀가 바로 붉어지고 입을 앙다문다.) 우리는 그대로 밖으로 나와서 골목 끝에 있는 편의점으로 갔다.

"저렇게 혼자 두고 나와도 돼?"

"고양이인데 뭐. 뭘 훔쳐가진 않겠지."

"하긴."

그 예쁜 고양이가 프공의 집에 특별히 해를 끼칠 것 같지는 않았다.

"근데 진짜 어떻게 된 거야?"

편의점 유리문을 밀고 들어가며 물었다.

"얘기하고 말 것도 없어. 밖에서 만나서 커피 마시면서 얘기 좀 하다가 우리 집으로 왔어. 근데 12시 땡 치자마자 엄청 커다란 고양이가 나타나더니 뭔 종이를 내밀더라고. 너무 황당해서 얼이 빠져 있는데 갑자기 걔가 고양이가 된 거야."

나는 한쪽 귀를 쫑긋 세우고 프공의 이야기를 들으며 고양이에게 먹일 통조림을 찾으려고 편의점 안을 두리번거렸다.

"아, 여기 있다. 근데 품절이네."

원래 고양이 통조림이 있었을 자리에는 가격과 상품명이 적힌 태그만 붙어 있었다.

"강아지용이라도 살까?"

프공이 예쁘게 네일아트가 된 손으로 강아지용 사료 캔을 만지작거렸다.

"손톱 새로 했어?"

"응, 어제."

"예쁘다."

"그치? 마음에 들어."

프공의 손톱은 아마도 〈겨울왕국〉 콘셉트인 것 같았다. 하늘색 그러데이션이 들어간 바탕에 잔잔한 큐빅과 알이 큰 크리스털을 섞어서 붙여놓아서 반짝반짝했다.

"어떡하지?"

프공은 자신의 손톱을 흡족스럽게 한번 보고 나서 이제 어떻게 해야 할지 모르겠다는 듯 말했다.

"괜히 이상한 거 먹였다가 탈이 날 수도 있지 않을까? 일단 그냥 가자."

"그래, 그게 낫겠다."

우리는 편의점에서 나와 골목에서 담배를 피웠다. 나는 프공의 집으로 돌아가기 전에 고양이가 되어버린 그 애 이야기를 좀 더 듣고 싶었다.

"그 애랑 별일은 없었고?"

"아무 일도 없었어."

그렇게 말하는 프공의 표정은 말과는 달리 의미심장했다. 그 표정을 보니 왠지 들떠서 추궁을 더 할 수밖에 없었다.

"무슨 일 있었던 것 같은데?"

나는 능구렁이 형사가 범인을 찔러보는 것처럼 슬쩍 물었다.

"키스를 하긴 했는데. 그것 말고는 진짜 아무 일도 없었어. 키스한 것도 사실 좀 그랬고."

"왜?"

"아니, 사실 난 걔가 좀 맘에 들었거든. 이래저래 고민도 많은 것 같고, 우울도 있는 것 같고, 하여튼 얘랑 엮이면 안 좋을 수도 있겠다 싶긴 했는데 얼굴이 너무 내 취향인 거야. 근데 얘기를 나누다 보니까 확실히 어리기도 하고 나한테 별 관심이 없는 것 같아서 맘을 접었지.

어쨌든 걔가 나랑 좀 더 얘기하고 싶다고 해서 같이 집에 갔어. 나처럼 걔 얘기를 진지하게 들어주는 사람이 없었대. 딱히 자기 얘기를 털어놓을 만한 사람도 없고. 나는 걔 얼굴이 내 취향이기도 했고, 듣다 보니 얼마나 얘기할 사람이 없었으면 처음 본 나를 붙잡고 이런 얘기를 하나 하는 생각이 들어서 열심히 들었지. 내 얘기는 거의 안 하고, 걔 얘기만 거의 서너 시간 들은 것 같아."

프공이 '그 애의 얼굴이 자신의 취향이었다'는 말을 두 번이나 하는 걸 들으니 사람이었을 때의 그 애 얼굴이 궁금해졌다. 프공은 아이돌 같은 얼굴을 좋아한다. 그 애도 그런 얼굴이었을까?

"그런데 어쩌다 키스까지 했어?"

"밖에서는 술을 안 마셨는데 집에 오는 길에 맥주 몇 캔 사서 들어갔거든. 술 마시면서 얘기하다 보니까 분위기가 그렇게 됐어."

"누가 먼저 했는데?"

"걔가. 난 진짜 아무 생각도 없었어. 물론 그렇게 되어서 좋긴 했지만. 근데 그다음이 완전. 솔직히 창피한데 그냥 얘기할게. 걔가 키스하고 나서 뭐라고 한 줄 알아?"

"뭐라고 했는데?"

"역시 여자랑 하는 건 별로네."

"그랬다고?"

"응. 그러고 나서 하는 말이 더 가관이었어. '누나는 괜찮을 줄 알았는데' 그러더라. 웃겨 진짜."

"웃기네."

"웃기지."

우리는 서로를 보며 웃었다. 프공도 나에게 털어놓고 나니 마음이 가벼워진 듯했다. 그 전까지는 뭔가 살짝 무거운 비밀을 품고 있는 느낌이었는데, 말하고 나서 표정이 훨씬 밝아졌다.

"그런데 미성년자는 아니지?"

내가 슬쩍 프공에게 물었다. 프공은 말도 안 되는 소리를 한다는 듯 웃음을 터뜨렸다.

"당연히 아니지."

하지만 그렇게 말하고는 내 팔을 잡고 가까이 끌어당긴 다음 "근데 민증 나온 지 얼마 안 된 것 같더라" 하고 목소리를 낮추어 말했다. 나도 덩달아 작은 목소리로 물었다.

"그 친구는 무슨 고민이 그렇게 많대? 어린 친구가."

"몰라. 그냥 이런저런 고민이 많은가 봐."

원래 목소리로 돌아온 프공이 말했다. 우리의 몸이 자연스럽게 다시 떨어져 거리를 뒀다.

"그 나이에는 맘 편히 지내도 될 텐데."

"나도 똑같이 얘기하긴 했는데, 그 나이에는 그런 말이 안 들리지. 아, 배달 벌써 출발했대. 들어가 있어야겠다."

프공이 휴대전화를 보고 말했다. 배달 앱에서 알림이 온 모양이었다. 우리는 담배를 땅에 비벼 끄고 집으로 들어갔다(꽁초는 프공이 가지고 다니는 빈 사탕 케이스에 넣었다. 프공은 박하향 사탕을 달고 산다).

🐾

집으로 들어가보니 고양이는 얌전히 침대에 앉아 있었다. 우리가 신발을 벗고 안으로 들어가자 고양이는 풀썩 뛰어내려 도도하게 다른 곳으로 걸어갔다. 프공의 집은 원룸이라 다른 곳이라 해봐야 딱히 갈 곳도 없다. 고양이도 조금 늦게 그 사실을 알아챈 듯 방황하더니 결국은 프공의 책상 앞에 놓인 의자로 올라갔다.

프공의 의자는 옛날에 프랑스 귀족들이 쓰던 의자처럼 생겼다. 다리는 곡선이 우아하게 휘어져 있고, 등받이와 앉는 부분에는 로맨틱한 색깔의 장미들이 수놓아진 부드럽고 푹신한 벨벳 쿠션이 붙어 있다. 깍쟁이처럼 앙증맞은 게 아니라 품이 꽤 넉넉하고 팔걸이까지 있는 의자라 앉으면 편안하다. 프공은 그 물건을 고등학생 때 사서 지금까지 쓰고 있다. 정확한 금액은 모르지만, 이태원의 빈티지 가구점에서 발견한 그 의자를 사려고 몇 달이나 아르바이트를 했다고 하니 꽤 비쌌을 것이다.

프공은 가지고 싶은 것이 있으면 악착같이 돈을 모아서 갖고야 마는 성격이다. 나는 프공에 비하면 근성도 없고, 그렇게까지 갖고 싶은 물건도 잘 생기지 않는다. 하지만 프공이 갖고 싶어 하는 물건들이나 결국 손에 넣은 것들을 구경하는 것은 좋아한다. 프공과는 중학교 때부터 친하게 지내서 벌써 10년째 프공의 '위시 리스트'를 옆에서 지켜보고 있다.

지난 10년 동안 프공이 갖고 싶어 한 것들의 목록을 쭉 뽑아보면 아마 지구 한 바퀴까지는 아니더라도 반

바퀴는 족히 돌지 않을까 싶다. 내가 수학을 잘하고 기억력이 뛰어난 사람이었다면 얼추 계산을 해볼 수 있으련만. 나에게 그런 집요함은 없다. 물론 계산 능력도 없고.

그래도 기억나는 것들만 뽑아보자면, 로리타 양복들과 리즈리사 원피스, 빈티지 가구들, 재봉틀, 비싼 인형들…… 그 정도다. 다른 것들은 당장은 기억나지 않는다. 프공은 한 가지에 열광하기 시작하면 그것에 꽂혀서 돌진하는 타입이다. 고등학생 때는 로리타에 거의 온 마음을 다 바쳐서 프공의 옷장이 드레스로 꽉 찼었다. '베이비, 더 스타즈 샤인 브라이트(BABY, THE STARS SHINE BRIGHT)', '빅토리안 메이든(Victorian maiden)', '마리 막달렌(Mary Magdalene)'. 하도 옆에서 많이 봤더니 그런 쪽에는 무지한 나도 브랜드 이름 몇 개는 머리에 박혀버렸다.

인형이 입을 것 같은 그런 옷들을 프공은 잘도 소화해낸다. 고등학생 때는 가발도 많이 썼는데, 성인이 되어서는 긴 생머리를 고수하다가 작년 여름쯤부터 탈색을 해서 금발이 되었다. 돈도 많이 들고, 머릿결 관리도 해야 하고 이래저래 신경을 써야 하는 모양이지만, 프공은 자신의 머리색에 아주 만족해한다. 금발이 아이덴티티의 일부가 된 느낌이다.

금발에 롤 웨이브를 넣어 양 갈래로 묶고, 로리타 드레스를 차려입은 프공을 밖에서 만나면 어디에 가든 시선을 받는다. 프공은 그런 룩을 자신의 이상에 맞게 소화하기 위해 식습관도 바르게 하고, 운동도 열심히 한다. 나는 그런 프공이 멋지다고 생각한다.

그런데 길에 나가면 사람들의 시선이 곱지만은 않다. 사람들은 프공을 힐끔거린다. 가끔 공주님 어쩌고 하며 대놓고 빈정거리는 멍청이들도 있다. '저건 너무 과하잖아. 자길 예쁘다고 생각하는 건 아니겠지?' 그렇게 생각하는 듯한 눈빛으로 프공을 은근히 쳐다보는 사람도 꽤 있다.

프공과 함께 서서 그런 시선을 받을 때마다 나는 그들을 쏘아보고 싶어진다. 큰 소리로 한마디 해주고 싶다. '그런 거 아니거든! 멍청한 것들. 내 친구는 그냥 자기가 입고 싶은 걸 입는 거야. 남들한테 잘 보이려고 입는 게 아니라고.' 속으로만 그런 말을 벼르면서 프공을 보면, 프공은 아무렇지도 않게 서 있다.

"상처받을 때는 없어?"

언젠가 물어본 적이 있다.

"알고 입는 건데 뭐. 예전에는 속상할 때도 있었는데 이제는 별로 신경이 안 쓰여. 익숙해지기도 했고, 그렇게 보는 사람이 있다고 내가 입고 싶은 걸 안 입을 수는 없잖아. 남들을 위해 사는 게 아니니까."

프공은 그런 면에서 단단하다. 자기가 하고 싶은 것을 남들의 시선 때문에 포기하는 일은 없다. 어릴 때부터 그랬다. 그런 성격 때문에 남들과 부딪힐 때도 종종 있지만, 결국 인정할 사람은 인정하고, 중요하지 않은 사람들은 지나간다. 나는 프공을 보며 그런 것을 배웠다. 그랬다고 내가 특별히 줏대 있는 인간이 된 건 아니지만, 뭔가 하고 싶은 일이 있는데 남들의 시선이나 평가가 걱정될 때 프공을 떠올리면 용기를 낼 수 있다.

"배달 왔다."

"내가 갈게."

나는 잽싸게 일어나 현관으로 달려가 문을 열었다. 배달 라이더는 벌써 가고 없고, 우리의 식사가 담긴 따끈

한 봉투와 커피만 문 앞에 놓여 있었다. 내가 그걸 가지고 오는 사이, 프공은 그저 침대에 기대어 앉아 있었다. 조금 지친 것 같았다.

"피곤해?"

나는 봉투를 들고 안쪽으로 가며 물었다.

"어제 잠을 잘 못 자서. 좀 멍하네."

프공이 말하며 고양이 쪽을 슬쩍 봤다. 고양이는 미동 없이 앉아 있었다. 긴장한 기색은 아니었다. 우리의 눈치를 보고 있지도 않았다. 그렇다고 나른하거나 느긋한 분위기도 아니었다. 그 고양이도 프공처럼 혼란스러운 밤을 보낸 뒤 좀 멍해졌는지도 모른다. 고양이 역시 날밤을 새운 것 같았다.

"이 친구 이름은 뭐야?"

"진군."

"이름이 '진'인 거야, '진군'인 거야?"

"군까지가 이름이야. 유진군."

"그렇게 말하니까 이름이 유진 같네."

"어제 나도 똑같이 말했는데, 그런 말 많이 듣는대."

프공이 웃으며 말했다. 활기찬 웃음이 아니라 기운이

빠진 가운데 웃는 소리였다. 웃음소리가 좀 부스스하다고나 할까. 나는 봉투를 열어 버거를 꺼내 프공에게 건넸다. 이럴 땐 기름진 걸 먹고 기운을 내야 한다.

"잠시만."

프공은 컵 뚜껑을 열어 커피를 한 모금 마신 뒤 내가 내민 버거를 받았다. 나도 봉투에서 맥너겟과 맥플러리를 꺼냈다. 맥너겟은 아직 따뜻했고, 맥플러리는 조금 녹아 있었다. 나는 따뜻한 맥너겟을 하나 먹고 난 다음 맥플러리를 떠먹었다.

"그렇게 먹으면 맛있어?"

프공이 버거를 조금씩 베어 먹다가 날 보고 오물거리며 물었다.

"응. 온탕에 들어갔다가 냉탕에 들어가는 거랑 비슷해. 번갈아 들어가는 거지."

나는 맥너겟을 하나 더 집으며 말했다. 나머지 두 개는 소스에 찍어 먹었다. 프공이 감자튀김을 반 정도 먹고 남겨서 그것도 소스에 찍어 먹었다. 소스가 두 개면 행복도 두 배다.

음식이 동나자 배가 불러서 나른해졌다. 남은 맥플러

리는 싱크대로 가서 수돗물에 흘려 보냈다.

"여기서 손 씻어도 돼?"

"씻어. 뭘 새삼."

프공의 집에 있는 손 세정제는 향기가 좋아서 씻을 때마다 기분이 좋아진다. 내 손에서 나는 향기로운 냄새를 킁킁대고 있으니 프공이 웃었다.

"개야?"

"이왕이면 강아지라고 해줄래?"

"그래그래. 강아지야, 나는 나가야겠다."

"나간다고? 어디 가는데?"

"쟤를 집에 데려다줘야겠어. 여기 계속 데리고 있을 수는 없잖아."

"집이 어딘 줄 알아?"

"동네는 알아. 친구랑 같이 살댔어. 그 동네까지 가면 어떻게든 되겠지."

"그러려나? 나도 같이 가도 돼?"

"너도? 오늘 한가해?"

"나야 맨날 한가하지. 백수잖아."

"그래, 그럼 백수 강아지 너도 같이 가자. 강아지에 고양이에 귀찮아죽겠네."

프공은 '아고고' 소리를 내며 일어나 의자에 있는 고양이를 들어 내게 안겼다. 나는 얼떨결에 고양이를 받았다. 고양이는 보기보다 묵직했다. 아무래도 살아 있는 생물이니 털 뭉치처럼 가벼울 수는 없을 것이다.

"너희 둘은 화장실에 들어가 있어. 나 옷 좀 갈아입게."

프공이 고양이를 안은 나를 화장실 안으로 밀어 넣었다. 그리고 문이 쾅 닫혔다. 화장실은 좁았다. 좁은 공간에 오늘 처음 본 고양이와 단둘이 있으니 어색한 분위기가 감돌았다. 나는 고양이를 어디 내려놓고 싶었지만, 마땅한 자리가 없었다. 세면대는 젖어 있었고, 변기 뚜껑 위에 놓는 건 예의가 아닐 듯싶었다.

"하하. 어색하시죠? 저도 어색하네요. 쟤가 왜 저럴까. 쟤가 가끔 저래요. 나쁜 아이는 아닌데. 이해하세요. 오래 안 걸릴 거예요."

나는 내 품에 안긴 고양이를 향해 말했다. 고양이는 아무 대답도 없었다. 심지어 날 쳐다보지도 않았다. 나 따위에게는 아무 관심도 없는 것 같았다. '참 시크한 고양이일세. 사람일 때도 이랬나?' 나는 그런 생각을 하며 어색한 시간을 견뎠다. 프공이 얼른 옷을 갈아입고 우리를 불러주었으면 싶었다.

"이제 나와!"

한참 뒤에 그 소리가 들렸다. 살았다. 나는 한숨을 쉬며 화장실에서 나갔다. 등에 땀이 밸 정도로 긴장해버렸다. 낯선 고양이도 어색할 마당에 어제까지 남자애였던 고양이와 좁은 화장실에 단둘이, 그것도 내가 그 고양이를 품에 안고 서 있으려니 아주 고역이었다. 실은 프공에게 화가 날 뻔하기까지 했지만, 로리타 양복을 차려입은 프공의 모습을 보자 스르르 기분이 풀렸다.

"엄청 예쁘다."

"그치? 몇 달 전에 주문해놓았던 건데 이제 받았어. 생각했던 것보다 더 마음에 드네."

프공이 드레스 위에 걸친 망토를 쓰다듬으며 말했다. 망토는 엄청난 물건이었다. 반짝거리는 것처럼 보일 정도로 반지르르하게 윤이 나는 분홍색 벨벳 소재에 토끼처럼 새하얀 털이 후드 테두리와 망토 밑단에 몽실몽실하게 둘러져 있었다. 무릎을 덮는 길이의 넉넉한 망토 형태의 코트였다. 레이스 같은 잡다한 장식은 붙어 있지 않았지만, 풍성한 털 때문에 화려해 보였다. 여미는 부분은 망토와 같은 색 프릴로 단정하게 가려져 있었다. 망토 아래로 보이는 드레스는 색이나 느낌이 비슷해서 한 세트처럼 잘 어울렸다. 그새 머리도 양 갈래로 묶었다.

프공이 양복을 입고 맨얼굴로 나갈 수는 없다고 해서 또 얼마간을 기다려야 했다. 프공이 화장을 하는 동안 나는 옆에서 지켜보았다. 고양이는 지루한 듯 침대에 몸을 웅크리고 앉아서 졸다가 깨기를 반복했다. 프공이 화장을 하는 속도는 빨랐다. 얼굴에 파운데이션을 바르고, 퍼프를 두드리고, 눈썹을 그리고, 속눈썹을 붙이고, 눈두덩과 볼과 입술에 색을 칠하고, 셰이딩을 하는 데까지 20분이 채 걸리지 않았다.

"빠르다."

"화장을 자주 하니까. 이제 손이 자동으로 움직여."

프공이 약간 우쭐해하며 말했다. 오늘 프공의 착장은 완벽했다.

"오늘따라 빡세게 꾸몄네?"

"이 아름다운 옷을 위한 예의지."

프공이 망토를 다시 어루만졌다. 마치 그 망토가 소중

하게 여기는 고양이인 것처럼 보일 정도 애정이 듬뿍 담긴 손길이었다. 프공은 실제로 자신의 드레스들을 '아이들'이라고 부른다. 프공의 옷장은 '아이들'로 가득 차 있다. 한 벌 한 벌 열심히 벌어서 사 모은 옷들이다.

"준비 끝난 거야?"

"웅, 이제 나가면 돼. 근데 새로 산 게 하나 더 있어."

"뭔데?"

"잠깐만."

프공은 현관 쪽으로 가서 신발장을 열었다. 프공이 꺼낸 것은 구두였다. 앞코에 커다란 리본이 달린 굽이 높은 메리제인 펌프스. 부드러운 느낌의 분홍색 벨벳이 구두를 감싸고 있어 망토와 아주 잘 어울렸다.

"들어볼래?"

프공이 내게 구두를 내밀었다.

"꽤 묵직하네."

나는 구두를 받아 들고 말했다. 구두가 크고 묵직해서 손으로 드는 것보다 품에 안는 게 더 편했다. 그 큼지막한 구두는 과장을 조금 보태어 새끼 고양이만 했다. 무게는 새끼 고양이보다 더 나갈 듯했다. 나는 그것을 더 안고 있지 못하고 프공에게 돌려주었다.

"무거워서 어떻게 신어?"

"막상 신으면 생각보다 걸을 만해."

어쨌든 이러저러한 긴 준비 과정을 거쳐 우리는 드디어 바깥으로 나갔다. 샴고양이는 빨래 바구니에 넣었다. 고양이가 사람이었을 때 입고 있던 옷들도 바구니에 함께 넣었다. 프공은 새끼 고양이보다 무거운 구두를 신고 터벅터벅 잘도 걸었다. 망토와 드레스도 꽤 묵직할 텐데 프공에게는 옷의 무게가 별 영향을 못 미치는 것처럼 보였다. '왕관을 쓰려는 자, 그 무게를 견뎌라' 그런 것일까?

"택시 타자. 힘들다."

프공이 길에 멈춰 서서 말했다. 골목이 끝나기도 전이었다. '왕이 왕관을 쓰고 있을 수 있는 건 왕좌에 가만히 앉아 있기 때문이겠지.' 나는 그런 생각을 하며 고개를 끄덕였다.

🐾

　로리타 양복을 차려입은 프공과 샴고양이가 든 빨래 바구니, 회색 후드 집업을 대충 걸쳐 입은 나는 아주 언밸런스한 조합이었다. 그러나 다행히 택시를 타고 내린 동네에는 사람이 없었다. 아주 한적한 동네였다. 어중간한 낮 시간이라 그런지도 몰랐다.

　"이제 어떡하지?"

　나는 좀 막막해져서 프공과 고양이를 번갈아 바라보며 물었다. 프공은 문제없다는 표정으로 바구니를 바닥으로 기울였다. 고양이는 급할 것 없다는 듯 천천히 바구니에서 걸어 나왔다. 프공은 쪼그려 앉아 고양이에게 눈을 맞추고 말했다.

　"내 말 알아들을 수 있어? 여기 사는 거 맞지? 네가 사는 집까지 같이 가줄게. 앞장서."

　그 순간 놀랍게도 고양이가 고개를 끄덕였다. 프공이 일어나자 고양이가 걷기 시작했다. 나는 놀란 가슴을 안고 프공과 고양이의 뒤를 따라갔다. 고양이는 몸집이 작은 만큼 움직임도 가벼웠다. 새끼 고양이처럼 작지는 않았지만, 몸에 군살이 없어서 움직임이 더 가벼운 것 같았다. 프공은 성큼성큼 걸었고, 나는 뒤처지지 않으려 빠르게 걸었다. 우리는 그렇게 보조를 맞추며 길을 걸어 갔다.

'이제 좀 힘든데?'라는 생각이 들 때쯤 고양이가 어떤 집 앞에 멈춰 섰다. 프공도 힘든지 숨을 약간 헐떡였다. 다리도 아픈 것 같았다. 고양이가 멈춰 선 집은 벽돌로 지어진 다세대 주택이었는데, 검은색 대문이 빠끔 열려 있었다. 고양이는 계단을 가볍게 뛰어올라 금방 2층으 로 갔다. 우리는 그보다 훨씬 둔탁한 걸음으로 고양이를 따라갔다. 2층에는 세 가구가 살았는데, 고양이는 그중 에서 가장 끝에 있는 집의 현관문 앞에서 멈췄다.

"여기야?"

프공이 물었다. 고양이는 대답 대신 현관문을 앞발로 긁었다. 프공은 그것을 보고 문 옆에 있는 초인종을 눌 렀다. 곧 문 안쪽에서 사람 목소리가 들렸다.

"누구세요?"

"유진군 친구분 맞으세요? 유진군이 고양이가 돼서 데려왔어요!"

프공이 큰 소리로 문을 향해 소리쳤다. '유진군이 고양이가 된 것은 프라이버시일지도 모르는데 이렇게 크게 외쳐도 되나?' 그런 생각이 들 만큼 큰 목소리였다. 프공의 말에 바로 문이 열렸다. 문을 열고 나온 사람은 키가 크고 호리호리한 여자였다. 늘어진 검은색 티셔츠에 짧은 반바지를 입고 있었다. 얼굴에는 잠기운이 남아 있었다. 누가 봐도 방금까지 자다 일어난 얼굴이었다. 머리카락도 마구 헝클어져 있었다.

"진군아, 너 진짜 고양이가 된 거야?"

문에서 나온 여자가 발밑에 있는 고양이를 안아 올리고 눈을 맞추며 말했다. 고양이는 마지못해 대답하는 것처럼 아주 짧게 울었는데, 자신의 목에서 나온 소리가 마음에 안 들었는지 더는 아무 소리도 내지 않았다.

"들어오세요."

여자가 한 팔에 고양이를 안고 우리에게 손짓했다. 프공은 구두를 벗는 데에 시간이 좀 걸려서 내가 먼저 집 안으로 들어갔다. 집 안에는 다른 고양이들이 있었다. 두 마리였는데, 한 아이는 진회색빛 털에 검은 줄무늬가 있는 고등어 고양이였고, 다른 아이는 볏짚 같은 노란빛에 갈색 줄무늬가 있는 귀여운 고양이였다. 그 고양이들은 누가 집에 왔는지 확인을 하려고 나온 것 같았다.

"얘들아, 진군이가 고양이가 됐어. 이제 너희랑 친구야."

여자가 유진군을 바닥에 내려놓자 고등어 고양이는 경계심 어린 눈빛으로 유진군을 바라보았다. 반면 노란 고양이는 마치 강아지처럼 호감 섞인 호기심을 내보이며 꼬리를 살짝 내리고 살랑거렸다. 유진군은 고양이들을 신경 쓰지 않고 그 자리에 앉았다. 여자는 고양이들이 혹시나 유진군을 공격하지는 않는지 지켜보았다. 그러다 결국에는 마음이 놓이지 않았는지 유진군을 다시 들어 품에 안았다.

"뭐 좀 드릴까요? 커피 드실래요? 맛있는 원두 있어요."

"네, 주세요."

프공이 테이블에 앉아 거리낌 없이 대답했다. 나도 옆에서 고개를 끄덕였다. 사실 나는 아무 생각도 없었다. 예상하지 못한 일에 휘말려서 나도 모르는 사이에 소용돌이가 치는 바다 한가운데에 쪽배를 타고 떠 있는 느낌이었다.

여자는 전기 주전자를 켜고 수동 그라인더에 원두

를 갈았다. 원두를 꽤 많이 부어서 그라인더가 뻑뻑할 것 같았는데, 여자는 전혀 힘들어 보이지 않았다. 반소매 아래 드러난 팔은 탄탄해 보였다. 나는 팔에 근육이 전혀 없어서 그렇게 근육이 탄탄한 팔을 보면 부러움을 넘어 존경심이 샘솟는다.

"근데 진군이하고는 어떻게 아는 사이세요?"

여자가 그라인너를 손으로 돌리며 물었다. 나는 그녀의 팔에 푹 빠져 있다가 화들짝 놀라서 대답했다. 왠지 나도 모르는 사이에 침이 흘렀을까 봐 입 주변도 소매로 한 번 닦았다.

"저는 모르는 사이예요. 오늘 처음 봤어요. 그땐 벌써 고양이가 되어 있었고 사람일 때는 본 적도 없어요."

왠지 모르게 변명을 하게 됐다. 그녀는 우리에게 커피를 만들어주는 친절한 행동을 하고 있었지만, 나는 맹수 앞의 토끼처럼 기세에 눌려서 말이 자연스럽게 나오지 않았다. 그에 비해 프공은 이 상황이 나처럼 불편하지 않은 듯했다.

"어제 앱으로 만났어요. 저희 집으로 갔다가…… 그다음은 제가 굳이 얘기 안 해도 대충 아시겠죠?"

프공이 시원스러운 말투로 거리낌 없이 말했다. 여자는 다른 말 없이 고개를 끄덕이며 그라인더에서 갈린 원두를 드리퍼에 넣은 다음, 전기 주전자를 들어 뜨거운 물을 천천히 부었다. 전기 주전자 역시 꽤 무거워 보였지만, 여자는 가뿐하게 그것을 들었다.

그 여자와 고양이가 된 유진군의 관계가 궁금했다. 만약 여자가 유진군과 연인 관계라면, 여자는 지금 속으로 불쾌해하고 있을지도 모른다. 내 머릿속에 여자가 프공과 나의 머리에 전기 주전자에 담긴 뜨거운 물을 붓는 상상이 떠올랐다. 우리는 너무 뜨거워서 비명을 지를 것이다. 여자는 전기 주전자에 있는 물을 끝까지 붓고 나서 두 손으로 나와 프공의 머리채를 한 쪽씩 휘어잡는다. 우리는 여자의 튼튼한 손아귀에서 절대 벗어날 수 없을 것이다. 그런 상상을 하다 보니 아랫도리가 저릿해졌다.

내가 그런 상상을 하고 있을 때 여자가 갑자기 방을 향해 소리쳤다.

"자기, 나와봐!"

긴장할 틈도 없이 그 방에서 남자가 나왔다. 수염이

있고 살집이 약간 있는 남자였다. 떡대가 있달까. 여자처럼 호리호리하지는 않았지만, 키는 비슷해 보였다. 하얀 얼굴에 눈썹이 짙고, 눈매는 처졌다. 조금 무뚝뚝해 보였는데 가까운 사람에게는 다정한 성격일 것 같은 인상이었다.

"안녕하세요."

나는 어색해하며 그 남자에게 인사했다. 그 남자는 목례로 내 인사를 받았다. 그런 다음 '누구셔?'라는 느낌으로 여자를 봤다.

"진군이를 데리고 와주신 분들이야. 앱으로 만났대."

여자가 명랑한 어조로 말했다. 남자는 끄덕이고는 주변을 두리번거렸다. 유진군이 어디 있는지를 찾는 것 같았다. 그러다 남자가 샴고양이를 발견했다.

"얘가 진군이야?"

남자가 쪼그려 앉아서 샴고양이를 들여다보았다.

"아닌 것 같은데."

남자의 말에 나는 긴장했다. 우리가 사기꾼이 된 것만 같았다. 프공은 잠자코 있었다. 그 남자가 오해를 하든 말든 별로 신경을 쓰지 않는 눈치였다. 나만 사이에서 안절부절못하고 있었다. 여자는 컵에 커피를 부어 나와 프공에게 한 잔씩 건네주고, 자신도 머그잔을 손에 들고 한 모금 마셨다.

"자기도 커피 마실래?"

"난 괜찮아. 근데 난 얘가 진군이가 아닌 것 같아."

"왜?"

"모르겠어. 그냥 느낌이 그래."

두 사람이 그런 대화를 나누는 동안 나는 커피만 홀짝였다. 남자는 유심히 샴고양이를 바라보다가 갑자기 두 손으로 샴고양이를 번쩍 들고 아래쪽을 살폈다.

"아이, 진군이 아니네."

남자가 말하자 여자가 눈을 동그랗게 뜨고 물었다.

"무슨 소리야?"

"얜 여자야, 여자."

"그걸 어떻게 알아?"

"그게 안 달렸어."

"어머, 정말?"

여자가 와서 그것을 확인했다. 샴고양이는 남자의 손에서 버둥거렸다. "아얏!" 남자가 짧게 소리치면서 샴고양이를 놓았다. 샴고양이가 남자를 할퀸 것 같았다. 여자는 웃었다.

"저러는 거 보면 진군이 맞는데?"

"그러게. 성질은 똑같네."

남자도 웃었다. 샴고양이는 화가 났는지 꼬리를 빳빳하게 세우고 남자를 향해 하악질을 한번 하고는 남자가 나온 방으로 들어가버렸다.

"죄송해요."

남자가 나와 프공에게 웃는 얼굴로 사과했다. 웃으니 눈매가 휘어져서 선해 보였다.

"근데 어쩌다……?"

남자가 우리에게 물었다. 여전히 이 상황을 의심쩍어하는 듯했다. 나는 사건의 당사자가 아니었고, 목격자도 아니었기 때문에 아무 말도 할 수 없었다. 눈치를 보니 프공은 기분이 약간 상한 것 같았다. 프공이 아무 말도 하지 않으니 아무도 입을 열지 않았다. 집 안에 찬바람이 부는 것만 같았다.

마침 그때 도어록 누르는 소리가 들렸다. 나는 누가 들어오나 싶어서 문을 바라봤다. 문이 열리고 찬바람과 함께 한 여자가 들어왔다. 검은색과 초록색이 가로로 번갈아 들어간 스트라이프 머플러를 칭칭 두르고 있었는데, 남성용으로 나온 것 같은 커다란 항공 점퍼를 입어서 옷에 파묻힌 것처럼 보였다. 아담한 체구에 머리는 밝은 갈색으로 염색한 쇼트커트 스타일이었다.

"손님이 계시네?"

여자가 머플러를 벗으며 말했다. 진짜 찬바람이 집 안에 맴돌던 가짜 찬바람을 지워주어서 한순간에 분위기가 바뀌었다.

"이분들이 진군이를 데리고 오셨어."

키 큰 여자가 아까와는 달리 약간 침통한 목소리로 소식을 전했다.

"진군이를? 왜?"

"진군이가 고양이가 됐대."

"진짜?"

체구가 아담한 여자가 놀라서 되물었다.

"가서 봐. 저기 방에 있어."

키 큰 여자의 말에 아담한 여자는 반신반의하는 표정으로 방으로 들어갔다가 샴고양이를 안고 나왔다.

"얘가 진군이라고?"

"그런가 봐. 맞죠?"

키 큰 여자가 나와 프공 쪽을 향해 한 번 더 확인하는 투로 물었다. 조금은 거칠게 느껴지는 말투였다. 일부러 그런다기보다는 원래 성격이 와일드한 편인 것 같았다. 프공은 썩 좋지 않은 표정으로 의자에서 일어나 나에게 말했다.

"가자."

이렇게 갑자기? 나는 당황해서 허둥거리며 일어났다. 프공은 키 큰 여자와 덩치가 있는 남자, 아담한 여자를 둘러보았다.

"저희는 이만 갈게요."

프공이 갑자기 자리를 박차고 일어나 쌀쌀맞은 태도로 가겠다고 했는데도 그 집 사람들은 별로 당황해하지 않았다. 오히려 나만 어쩔 줄 모르고 어버버하며 서 있었다.

"조금만 더 있다 가세요. 제 친구가 이제부터 엄청 맛있는 걸 만들 거예요."

키 큰 여자가 아담한 여자를 가리키며 말했다.

"엄청 맛있는 것까지는 아니지만, 드시고 가세요. 제가 손이 커서 음식이 항상 남거든요."

아담한 여자는 겸손한 표정을 지었다. 그 집에 있는 세 사람은 부담스러울 정도로 매력이 넘쳤다. 그들은 세련된 서울 사람들이었다. 나 역시 서울 사람이지만 그들처럼 세련되지는 못했다. 그들처럼 상대를 단숨에 매료시킬 정도의 매력도 없었다. 나는 그런 사람들 앞에서 주눅이 드는 소심한 인간일 뿐이었다.

"뭘 만드실 건데요?"

프공이 여전히 뻣뻣한 태도로 물었다.

"그냥 이것저것."

아담한 여자가 환하게 웃으며 대답했다. 프공은 이미 그 미소에 진 것 같았지만, 겉으로는 조금 더 버텼다. 그러다 아담한 여자가 자신이 장을 봐 온 음식들이 든 봉투를 콕콕 찌르며 다시 한번 미소 짓자 결국은 백기를 들었다. 프공은 예쁜 남자들에게 약하지만, 여자들에게는 그보다 더 약하다. 특히 아담한 여자들 앞에서는 순한 양이 된다. 프공이 오래도록 나를 귀여워하며 언제나 받아주기만 하는 것도 내가 아담한 여자이기 때문일 것이다.

아담한 여자는 부엌에서 요리를 하고, 키 큰 여자는 테이블에 앉아 커피를 마시고, 덩치가 있는 남자는 자기 방으로 들어가 문을 닫았다. 키 큰 여자는 남자가 책을 읽으러 들어간 것일 거라고 우리에게 말했다. 키 큰 여자가 편하게 있으라고 해서 나도 편하게 생각해보려고 노력했다. 샴고양이는 거실 소파에 앉아 꿈쩍도 하지 않았다. 혼자 어떤 생각에 잠겨 있는 것 같았다. 다른 고양이 둘은 어슬렁대면서 새로 나타난 샴고양이를 살펴보는 듯했다. 프공은 휴대전화로 전자책을 읽었다. 나는 가만히 앉아서 샴고양이를 바라보았다. 딱히 그 고양이—유진군—가 보고 싶어서 그런 것은 아니고 시선을 어디에 둬야 할지 몰라서였다.

아담한 여자는 아주 천천히 요리를 하는 것 같았는데, 음식이 생각보다 금방 완성됐다. 여자가 만든 것은 카레였다.

"안에서 먹을까?"

아담한 여자가 키 큰 여자에게 물었다.

"그게 좋겠다."

키 큰 여자는 대답하고서 남자가 들어간 방의 문을 노크했다.

"밥 먹자!"

곧 남자가 문을 열고 나와서 불평했다.

"왜 맨날 내 방에서 밥을 먹는 거야."

"네 방 테이블이 제일 크잖아. 창문이 커서 환기도 잘 되고."

키 큰 여자는 시원스럽게 말하고는 우리에게 손짓했다.

"들어가세요."

프공이 먼저 방으로 들어갔고, 나는 뒤를 따랐다. 들어가보니 방에 정말 커다란 창문이 있었다. 테이블도 역시 컸다. 둥그런 원형 테이블이었다. 키 큰 여자는 길고 탄탄한 팔로 테이블을 휙휙 돌렸다. 그것의 정체는 회전 테이블이었다. 중국집에 있을 법한.

"잘 돌아가죠? 얘가 마작한다고 산 건데, 얘 말고는 아무도 마작을 안 해서 식탁으로만 써요."

키 큰 여자가 덩치가 있는 남자를 놀리듯 웃으며 말했다. 아담한 여자는 나무 쟁반에 그릇을 담아 날랐다. 따끈한 갈색 카레가 든 그릇에서 김이 풀풀 났다. 나는 좀 전부터 부엌에 앉아 카레 냄새를 맡다 보니 점점 허기가 져서 배가 꼬르륵거리는 상태였다. 그래서 염치 불고하고 얼른 자리 하나를 차지하고 앉았다. 덩치가 있는 남자가 부엌에서 숟가락과 물잔을 가져와서 내 앞에 놓아주었다.

곧 다들 테이블에 앉았다. 처음에는 다들 말없이 카레를 얹은 밥을 먹기만 했다. 식기가 달그락거리는 소리만 들렸다. 나는 그제야 조금은 마음이 편해져서 식사에 집중할 수 있었다. 내 그릇에 있던 밥도 거의 사라지고, 다른 사람들의 그릇도 비어져갈 무렵 열린 방문으로 고양이가 들어왔다. 다른 고양이가 아니라 샴고양이, 유진군이었다. 테이블에 앉은 사람들의 시선이 동시에 그쪽으로 모였다.

"진군이도 카레가 먹고 싶나 봐."

아담한 여자가 유진군을 안아 올려 자기 무릎에 앉히고 말했다. 아담한 여자의 말대로 유진군은 카레가 든 그릇에 관심을 보였다.

"진군이가 네가 만든 카레를 좋아했잖아. 다른 건 잘

안 먹으면서 네가 만든 건 그래도 잘 먹었어. 네가 카레 만든 거 오랜만인데, 아쉽네. 우리만 먹어서."

아담한 여자에게 하는 말인데도 키 큰 여자의 시선은 유진군에게만 가 있었다.

"고양이는 카레 못 먹나? 조금 주면 안 돼?"

덩치가 있는 남자도 유진군을 보며 말했다. 금방이라도 카레를 한 숟가락 떠서 유진군에게 줄 태세였다. 키 큰 여자가 긴 팔을 휘저으면서 남자를 말렸다.

"안 돼, 안 돼. 먹이지 마."

"원래 사람이었잖아. 괜찮지 않을까?"

"지금은 고양이잖아. 겉은 고양이가 됐는데 장기는 사람 그대로겠어?"

키 큰 여자의 반박에 남자가 순순히 고개를 끄덕였다.

"그렇겠네. 근데 그럼 영혼은? 영혼은 아직 진군이일까? 아니면 영혼도 바뀌었나?"

남자의 입에서 나온 '영혼'이라는 말이 무척 낯설게 느껴졌다. 마치 그 단어를 누가 소리 내어 말하는 것을 처음 듣기라도 한 것 같은 느낌이었다. 그러고 보니 언제 마지막으로 다른 사람과 영혼에 대한 이야기를 나눴는

지가 까마득했다. 최근에는 그런 대화를 나눈 적이 없었다.

"영혼은 진군이겠지. 거대 고양이가 내민 선택지가 '앞으로 남은 삶을 고양이로 사시겠습니까?'였지, 당신의 존재 자체를 없애겠다는 건 아니었잖아."

아담한 여자가 자연스럽게 남자의 말을 받았다.

"그래, 내 말이 그거야. '앞으로 남은 삶을 고양이로 사시겠습니까?' 모호한 말이잖아. 몸만 고양이로 변한다는 건지, 영혼까지 고양이로 변한다는 건지. 거대 고양이가 내민 선택지에는 그런 구체적인 옵션이나 설명이 없었어. 그래서 내가 그 종이에 아무 표시도 안 한 거야. 사실 난 호기심은 좀 있었거든. 고양이로 사는 삶에 대해서. 인간으로 사는 것보다 나을 수도 있어."

남자가 웃는 얼굴로 말했다. 방금 맛있는 것을 배불리 먹어서인지 아까보다 얼굴이 여유롭고 느긋해져 있었다.

"넌 고양이로 변했어도 잘 살았을 거야. 난 술을 너무 좋아해서 안 돼. 집 안에만 갇혀서 지내는 것도 싫고. 으, 난 절대 못 해!"

키 큰 여자가 몸서리를 쳤다. 아담한 여자는 키 큰 여자를 보며 웃었다.

"넌 고양이로 변했어도 맨날 밖을 돌아다녔을 것 같아. 집고양이로는 못 살고, 길에서 살았겠지. 동네를 평정했을지도 몰라. 길고양이 대장하고 한판 붙어서 고양이들의 왕이 되는 거지."

"내가 생각해도 그래. 난 짱 센 고양이가 됐을 거야. 그렇게 사는 게 나았으려나? 사람들 사이에서는 내가 너무 좆밥이잖아. 인간은 힘이 세다고 왕이 될 수 있는 게 아니니까. 인간들은 너무 복잡해. 고양이들처럼 서열이 깔끔하지가 않아."

키 큰 여자가 신나게 말했다. 어느새 목소리가 커져 있었다.

"이렇게 만난 것도 인연인데, 통성명이나 할까요? 저는 진저라고 불러주세요."

아담한 여자가 '진저'를 너무 수줍게 발음해서 처음에는 못 알아들었다. 내가 "진?" 하고 되묻자 여자가 다시 "진저"라고 좀 전보다 분명하게 말해주었다. 나는 고개를 끄덕이며 "전 밍키"라고 말하고 프공을 가리켰다.

"앤 프공이에요."

"저는 막과입니다."

키 큰 여자가 활짝 웃으며 자기 이름을 말하고는 "막대 과자의 줄임말이에요. 길어서"라고 덧붙이며 두 손으로 보이지 않는 무언가를 늘리는 듯한 동작을 했다.

"저는 쿠키입니다."

남자가 말했다.

🐾

밥을 다 먹은 다음에는 사다리 타기로 설거지 당번을 정했다. 걸린 사람은 막과 씨였다. 막과 씨는 "마작으로 한 번 더 승부를 보자"고 우겼지만, 쿠키 씨가 안 된다고 단호하게 버텼다. 막과 씨는 너무도 완강한 쿠키 씨의 태도에 그럼 마작으로 소화를 좀 시키고 나서 설거지를 하겠다며 한발 물러났다. 그러고 나서 다 같이 자연스럽게 마작을 하게 됐다.

처음 해본 마작은 재미있었다. 게임 규칙이 익숙하지 않은 데다 다른 사람들이 너무 잘해서 따라가기 어렵

기는 했지만. 프공은 몇 번 해본 적이 있다고 했는데 생
각보다 잘해서 사람만 모이면 마작판을 벌인다는 쿠
키 씨와 거의 대등하게 승부를 다퉜다. 진저 씨는 유일
하게 나와 수준이 비슷해서 둘이서 번갈아가며 꼴찌를
했다.

마작이 끝나갈 때쯤 막과 씨가 마작에서 진 두 사람
이 설거지를 하면 어떻겠느냐는 식으로 이야기를 몰았
는데, 모두가 동시에 한마음으로 야유를 퍼부어서 계략
이 무산됐다.

막과 씨가 울상을 지으며 부엌으로 나가자 프공이 "에
잇" 하고 자리에서 일어났다. 곧 부엌에서 프공의 목소
리가 들렸다. "앞치마 어딨어요?"

역시 프공은 마음이 약하다니까. 나는 그런 생각을
하며 웃었다. 그 순간 나와 눈이 마주친 진저 씨도 미소
를 지었다.

나는 진저 씨에게 불쑥 물었다.

"혹시 연락처 교환해도 돼요?"

"앗, 왜요?"

진저 씨가 그렇게 되물어서 당황해버리는 바람에 속

마음이 그대로 입 밖으로 튀어나왔다.

"친하게 지내고 싶어서요."

"친하게 지내는 거 좋죠."

그렇게 진저 씨의 연락처가 내 휴대전화로 굴러들어왔다. 내가 그 번호로 전화를 걸자 진저 씨도 내 번호를 저장했다.

"밍키, 맞죠?"

"네."

"귀여워요."

그 말에 뺨이 달아올라서 내 손으로 식혀야 했다.

나는 왠지 부끄러워서 연락처만 챙기고 부엌으로 나갔다. 프공은 벌써 설거지를 마치고 앞치마를 벗고 있었다.

"이제 갈까?"

프공이 날 보고 물었다.

"응."

나도 갈 때가 됐다 싶어 고개를 끄덕였다.

"더 계셔도 되는데."

막과 씨가 말했다. 우리가 가는 게 진짜 아쉽다는 얼

굴이었다.

"밤이 늦었잖아. 이제 보내드려야지."

어느새 방에서 나온 쿠키 씨가 부엌 벽에 걸린 시계를 가리키며 말했다. 시계를 보니 벌써 10시가 넘어 있었다.

"아니, 시간이 언제 저렇게 됐어?"

막과 씨가 말하자 쿠키 씨의 뒤에 서 있던 진저 씨가 "그러게. 시간 도둑이 다녀갔나?" 하고 말했다. '역시 귀여워.' 나는 진저 씨를 보고 헤실헤실하기 시작한 입가를 양손 검지로 눌러 단속시켰다.

"진군이는……."

프공은 걱정이 되는 듯 진군 고양이를 보다가(진군 고양이는 부엌과 연결된 응접실 바닥에 깔린 카펫 위에 앉아 있었다) 다른 사람들을 보고는 쩝 소리를 냈다.

"좋은 분들하고 같이 사니까 잘 살겠지 뭐."

프공의 말에 막과, 쿠키, 진저 씨가 웃는 얼굴로 고개를 끄덕였다. 그 순간 그들이 정말로 한 가족처럼 보였다. 나는 세 사람이 마음에 들었다. 만난 지 하루밖에 안 된 사람들인데도 약간은 애정까지 생겼다.

나와 프공은 세 사람의 배웅을 받으며 그 집에서 나
왔다. 진군 고양이는 우리가 현관에서 신발을 신을 때
힐끔 한번 봐주는 것 같더니 금방 고개를 돌려버렸다.
무심하긴. 나는 그 무심한 친구에게도 손을 흔들고 인
사를 했다.

"쟤가 원래 좀 저래요. 사람일 때도 저랬어!"

우리를 따라 밖으로 나온 막과 씨가 말했다.

"계속 보니 진군이가 맞는 것 같아. 확실해."

쿠키 씨도 덤덤한 표정으로 말했다. 진저 씨는 웃는
얼굴로 서 있다가 나에게 가까이 다가와 슬쩍 말했다.

"연락 주세요."

"네." 나는 고개를 끄덕였다.

그런 우리를 보는 프공의 시선이 느껴졌다.

우리를 향해 손을 흔드는 세 사람을 뒤로하고 골목길
을 걸어 나오는데 프공이 나에게 말했다.

"괜히 너까지 시간 너무 많이 뺏긴 거 아냐?"

"난 재밌었어. 수확도 있었고."

내가 빙긋 웃으며 한 말을 프공은 바로 알아듣고 소리쳤다.

"아, 너 또 여자 번호 땄지?"

나는 대답하지 않고 흐흐 웃었다.

"하여튼 자기도 귀여운 타입이면서 귀여운 여자만 보면 사족을 못 쓴다니까."

프공이 혀를 찼다. 너무 맞는 말이라 반박 불가였다. '진군, 고마워.' 나는 마음속으로 고양이가 된 진군에게 인사를 했다.

"근데 말야. 진군은 여자 고양이가 된 건가?"

큰길에 나가 택시를 기다리고 있는데 문득 쿠키 씨가 진군 고양이를 보며 했던 말이 떠올라서 프공에게 말해 봤다. 프공은 택시가 오지 않는지 보면서 크게 관심 없다는 투로 말했다.

"모르지. 남자 여자 둘 다 아닐 수도 있고. 그게 없다고 해서 꼭 여자인 건 아니잖아."

프공이 추운 듯 팔짱을 끼고 말했다. 입에서는 하얀 입김이 피어올랐다.

"걔, 어젯밤에 조건을 걸었어. 거대 고양이한테. 고양이가 되는 대신 자기가 원하는 성별을 선택할 수 있게 해달라고."

"대단하네. 어느 쪽을 선택한 건데?"

"그건 나도 몰라. 개랑 거대 고양이 사이의 비즈니스니까."

프공이 진짜 모르는지는 알 수 없었다. 하지만 어쨌든 그건 프공의 말대로 진군과 거대 고양이 사이의 비즈니스다. 내가 알 필요 없는.

나는 고양이가 된 진군이 행복하길 빌며 택시에 탔다. 그리고 진저 씨에게 메시지를 보냈다.

─혹시 다음에 영화 같이 보실래요? 영화 안 좋아하시면 다른 거라도…….

답장은 바로 왔다.

─영화 좋아해요ㅋㅋ 같이 봐요, 영화.

이름 없는 출판사

서울의 끄트머리 동네, 낡은 건물 5층에 우리 사무실이 있다. 그런데 쓰고 보니 이 문장에는 오류가 하나 있다. 나 말고는 아무도 없는 사무실이니 '우리'라는 말을 붙이는 건 좀 어색할지도 모르겠다. 그런데도 글을 시작하며 첫 문장에 '우리 사무실'이라는 말을 쓴 것은 사무실에 있을 때 혼자 있는 기분이 잘 들지 않기 때문인 것 같다.

　사무실에 나 말고 다른 동료가 있느냐고? 물론 있다. 책장들, 책장에 꽂힌 수많은 책과 그 책들을 쓴 작가들과, 작가들의 원고를 책이라는 물질로 변환시킨 편집자들과 디자이너들. 보는 사람마다 키위새냐고 묻지만 키

위새는 아닌, 새의 외형을 가진 복슬복슬한 인형. 그리고 그리 많지는 않지만 귀찮아서 개수를 세어본 적 없는 컵과 접시가 나의 동료다.

나는 우리 사무실 동료인 책들과 복슬복슬한 새 인형과 컵들과 접시들 중 아무에게도 이름을 붙이지 않았다. 이름을 붙이기가 싫어서 그런 건 아니다. 어떤 이름을 지어줄까 하고 한참을 생각해도 딱 이거다 싶은 것이 떠오르지 않아서 결국에는 '오늘 점심(아니면 저녁)은 뭘 먹을까?' 같은 엉뚱한 생각으로 빠져버린다.

우리 사무실도 마찬가지다. 아직 이름이 없다. 다만 무엇을 하는 곳인지는 매우 명확하다. 출판사다. 책을 만들어서 파는 곳. 그런데 이름 없는 출판사라니. 사무실 문을 연 지가 얼마 안 되었나 싶을 수도 있겠지만, 그렇지도 않다. 사무실을 계약한 지도 2년이 넘었으니 말이다. 우리 출판사는 이름이 없을 뿐만 아니라 출간한 책도 없다. 특별히 어떤 일이 있어서 그런 것은 아니다. 그저 아직 책으로 낼 만한 원고를 찾지 못해서 일이 그렇게 된 것이다.

나는 매일 실컷 늦잠을 자고 일어나 보통의 직장인들

이 점심을 먹을 시간에 사무실로 나간다. 사무실은 집에서 걸어서 10분 거리다. 사무실에 도착하면 드립백으로 일단 커피를 한 잔 내려 마시고 출판사 SNS 계정에 접속해 내가 출근했음을 알린다. 그러고 나면 솔직히 말해서 할 일이 없다. 나는 종일 사무실에 앉아서 책으로 낼 만한 원고를 가지고 올 귀인을 기다리거나, 그것도 지루해지면 밖으로 나가 서점이나 도서관 등을 기웃거리며 다른 출판사에서 낸 책들을 살펴보고는 한다.

외출할 때는 출판사 SNS 계정에 "잠시 외출합니다"라고 쓴 공지를 올려두고 사무실 밖으로 나간다. 사무실에 있다가 외출하는 것을 나는 외근이라 부른다. '외출'이라고 하면 하는 일이 없어서 한가하게 땡땡이나 치는 것 같지만, '외근'이라는 말을 붙이면 일을 하는 기분이 든다. 세상의 일은 결국 단어를 어떻게 쓰느냐에 달렸다. 누군가와 연애를 하면서 그 관계를 뭐라고 부르느냐―썸, 섹스 파트너, 결혼을 전제로 한 진지한 사이, 사랑의 불장난, 소울메이트 등등―에 따라 관계의 속성이나 그 관계를 대하는 당사자들의 말과 행동이 완전히 달라지기도 하지 않나. 자리에 가만히 앉아 곰곰이 생각하다 보면 세상 대부분의 일이 그렇다는 걸 알 수 있다.

어떤 친구는 내가 출판사라고 사무실을 차려놓고서는 책도 한 권 내지 않고 맨날 혼자 있으니 잡생각이 느는 거라고 한다. 맞는 말이다. 나도 그렇게 생각한다. 출판사를 막 열었을 때는 내가 금방 책을 만들어서 세상에 내놓을 수 있을 줄 알았다. 수십 권씩은 아니더라도, 적어도 1년에 한 권쯤은 출간할 수 있을 거라고 믿어 의심치 않았다. 아니, 1년에 한 권은 너무 적고, 돈만 모자라지 않다면 한 해에 세 권씩은 내고 싶었다. '첫 책부터 수익이 나기는 어렵겠지. 하지만 첫 책이 그럭저럭 팔리고, 두 번째 책이 그보다 조금 더 잘된다면 세 번째 책을 낼 수도 있을 거야.' 그런 식으로 순진한 계획을 세웠다. 지금 생각하면 범죄에 가까울 정도로 순진무구한 계획이다. 어리석은 놈 같으니. 세상일은 그렇게 만만하게 돌아가지 않는다. 하지만 이 정도일 줄이야. 책으로 내고 싶은 원고를 찾지 못해서 2년을 허송세월로 보낼 줄은 생각지도 못했다. 내가 그런 말을 하면 친구는 나를 매섭게 타박한다. "너 바보야? 책으로 내고 싶은 원고를 먼저 찾아놓고 출판사를 차렸어야지. 일을 어떻게 그렇게 반대로 하냐?" 그러면 나는 이렇게 반박한다. "설마 이렇게까지 내고 싶은 원고가 없을 줄은 몰랐지! 매년 수백, 수천 권의 책들이 쏟아져 나오잖아. 다른 출판사들은 어떻게 매년 출간할 원고를 찾는 거지?"

서점이나 도서관으로 외근을 나가서 수많은 책장에 꽂힌 수많은 책을 보며 하는 생각도 그거다. 세상에 이렇게 책이 많은데. 다른 출판사들은 어떻게 그렇게 자꾸 책을 내는 거지? 이렇게 책이 많은데 내가 또 책을 낼 필요가 있을까? 내가 어렵게 원고를 찾아서 책을 낸다고 해도 그 책은 바다에 떨어진 빗방울 하나 정도의 의미밖에는 없을 것이다. 하지만 어쩔 수 없다. 세상에 내가 찾는 책이 없으니. 좀 오래 걸리더라도 기다릴 수밖에. 지난 2년 동안 내가 해온 일이 그런 거다. 책이라는 물질로 만들어서 세상에 내놓고 싶은 원고를 기다리는 것. 나는 그런 원고가 나타날 때까지 언제까지고 출판사를 열어놓고 기다릴 생각이다. 언제든 나타날 거라고 믿으면서. 믿고, 믿고, 또 믿으면서 내가 세상에 내놓고 싶은 원고를 기다리는 것이다.

얼마 전에 외근을 나간 곳은 동네의 한 책방이었다. 간판에 '책방'이라는 이름이 들어간 곳에 갈 때는 '책방'과 '서점'은 무엇이 다른가 하는 의문이 든다. 인터넷에 검색하면 나올지도 모르지만, 별로 내키지 않는다. 인터넷이라는 곳은 뭐든지 다 해답이 있을 것 같아도 막상 들어가보면 한심한 이야기가 너무 많이 넘친다. 어떤 연예인의 가슴이 어떻다는 둥, 이번에 누가 이혼을 했다는 둥(대개는 가짜 뉴스다), 누가 누구를 때리는 동영상이 올라왔는데 그게 사실은 자작극이라는 둥, 누가 누구의 똥을 닦아줬다는 둥……. 그런 한심한 이야기들을 보고 있으면 뇌가 썩는 것 같다. 뇌만 아니라 휴대전화를 들고 있는 손을 비롯해 온몸에 구정물을 뒤집어쓴 것 같은 기분까지 든다. '책방과 서점은 무엇이 다를까?' 같은 사소한 질문에 대한 답을 얻기 위해 거대한 쓰레기통에 손을 넣어 뒤적거려야 한다고 생각하면 '차라리 모른 채로 지낼래' 하는 반감이 든다. 내가 이런 말을 하면 친구는(말할 것도 없이 아까 그 친구다) "사춘기 중학생 같은 반항심이네"라고 한다. 그것도 맞는 말이다. 내가 어떤 회사에도 오래 붙어 있지 못하고 서른을 훌쩍 넘겨 1인 출판사 같은 것을 차리게 된 데에는 그런 이유도 확실히 있을 거다.

어쨌든 내가 그날 외근을 나간 그 책방에는 쇼윈도에 '작은 서점 지원 사업' 포스터가 붙어 있었다. '그러니까, 책방도 서점이라는 거군. 그렇다면 책방은 작은 서점을 의미하는 걸까? 하지만 책방이라는 이름을 가진 큰 서점도 본 적이 있는데. 그걸 생각하면 책방과 서점이 점포 크기에 따라 정해지는 건 아닌 것 같고.' 나는 그런 생각을 하며 책방 안으로 들어갔다.

우리 동네에는 책방이 그곳 딱 하나뿐이다. 예전부터 가봐야지 생각을 하면서 한 번도 가보지 못했는데 바로 그날 드디어 갈 마음을 먹었다. 사무실에서 한 시간 거리에 있는 책방들은 잘만 가면서 동네에 있는 가까운 책방에는 왠지 쉽사리 발길이 가지 않았다. 가까워서 오히려 부담이 된다고 할까? 먼 거리에 있는 책방들과 나 사이에는 충분한 안전거리가 있는 것처럼 느껴지는데, 너무 가까운 거리에 있는 책방은 먼 거리에 있는 책방에 갈 때만큼 안전하다는 느낌이 들지 않는다. 나는 나 자신이 완전한 익명이 될 수 있는 장소에서 안전한 느낌을 받는다. 무인 판매점이라면 더 좋다. 집에서 가까운 거리에 무인 판매를 하는 책방이 있다면 나는 분명 그곳의 단골이 될 거다.

"어서 오세요."

책방 안으로 들어가자 카운터 안쪽에 앉아 있던 사람이 일어나서 내게 인사를 건넸다. 어딘지 경직된 인사였다. 몸도 긴장한 것처럼 뻣뻣했고, 인사를 건네는 말투에는 당혹감이 섞여 있었다. 내가 책방에 들어온 손님이 아니라 남의 집에 갑자기 쳐들어간 강도나 무법자가 된 기분이 들 정도였다.

"안녕하세요."

나는 고개를 살짝 숙이며 인사하고 책장들 사이로 들어갔다. 그러자 카운터의 사람도 한숨 돌렸다는 듯 원래 앉아 있던 자리에 앉았다. 카운터 안쪽에 편안해 보이는 안락의자가 있었다. 그 안락의자에는 알록달록한 패치워크 패브릭이 등받이부터 좌판까지 걸쳐져 있어서 아늑한 느낌을 주었다. 작은 테이블도 하나 있었는데, 거기에는 김이 모락모락 피어오르는 머그잔도 있었다. 가게 안에서 달콤한 초콜릿 향이 나는 걸로 보아 아마도 머그잔에는 코코아가 담겼을 것 같았다. 안락의자에 앉아 이제 막 따뜻한 코코아를 한 모금 마시려던 중인데 내가 들어갔으니. 역시 나는 침입자였구나. 나는 미안한 기분을 느끼며 조심스럽게 책장들 사이로 들어가 어떤 책들이 꽂혀 있는지 살펴보았다. 그런데 책장이 엉망이었다. 소설책과 그래픽노블과 에세이가 구분 없이 마구 꽂혀 있었는데, 어떤 테마가 있는 건가 하고 다시 봐도 그 책들이 서로 어떤 관련이 있는 건지 전혀 알 수가 없었다. 발걸음을 서성이면서 다른 책장들을 살펴보니 모두 마찬가지였다. 어떤 칸들은 때로 '뭔가'가 있는 것도 같았다. 하지만 요리와 관련된 책들 사이에 문득 식물에 대한 책이 껴 있고, 여행 에세이들 사이에 어떤 화가의 일생을 다룬 그래픽노블이 있는 식으로 반드시 질서가 깨져 있었다.

'내가 모르는 뭔가가 있는 걸까?'

책방 주인과 대화를 나눠보면 그곳의 질서나 규칙을 알 수도 있을 것 같았다. 나는 한참 책장 사이를 오가며 그곳의 질서를 알아내려고 애쓰다가 결국 포기하고 카운터를 힐긋 봤다. 마침 카운터 안쪽에 앉아 있던 사람이 일어나는 것이 보였다. 카운터에서 뭔가를 정리하려는 것 같았다. 이때다 싶어 그쪽으로 다가갔다. 막상 말을 걸려니 식은땀이 났지만, 지금처럼 가슴이 답답한 채로 책방을 나가기는 싫었다. 그곳의 이상한 질서를 이해하고 싶었다. 집요한 마음일지는 몰라도.

"저기, 실례지만 뭐 하나만 여쭤봐도 될까요?"

코트 주머니에 넣은 손에서 땀이 나는 게 느껴졌다. 나는 주먹을 꽉 쥐고 있었다. 얼굴이 좀 창백해졌을지도 모른다. 카운터의 사람은 의아한 듯 나를 쳐다봤다. 그 얼굴을 보니 그 사람도 나만큼이나 긴장한 것 같았다.

"네, 물어보세요."

그 사람은 겨우 쥐어짜낸 듯한 목소리로 내게 말했다. 쇼트커트 머리에 체구가 작고 깡마른 여자였다. 추위를 타는 편인지 목폴라에 두툼한 카디건을 입고, 데님으로 된 앞치마를 두르고 있었는데, 그 여자가 입은 카디건이 꼭 안락의자에 걸쳐진 패치워크 패브릭을 옷으로 만든 것처럼 생긴 점이 인상 깊었다.

막상 물어보려니 질문을 어떻게 하면 좋을지 고민이
되어 나는 할 말을 머릿속으로 정리했다. 저기, 책장에
책들이 왜 저렇게 엉망으로 꽂혀 있죠? 제가 발견하지
못한 어떤 질서가 있는 걸까요? 내가 하고 싶은 말은 그
두 가지였지만, 그렇게 실례되는 말을 할 수는 없었다.
게다가 어떤 면에서 책방 주인과 출판사를 운영하는 사
람은 동종업계 사람이 아닌가. 같은 일을 하는 사람들
끼리 지켜야 할 예의라는 게 있는 법이다. 나는 무례한
인간이 되고 싶지 않았다. 가장 좋은 방법은 호기심을
꾹 누르는 것이겠지만, 나는 책과 관련된 일에서는 호기
심을 잘 참지 못하는 버릇이 있다. 나쁜 버릇이라는 걸
알면서도 고치기가 힘들다.

"큐레이션이 좀…… 독특한 것 같아서요. 테마……
같은 것이 있는 걸까요?"

말하고 나니 역시 좀 무례하게 들릴 수도 있을 것 같
아 더욱 식은땀이 났다. 하지만 그 순간에는 그 이상으
로 더 돌려 말할 방법이 떠오르지 않았다.

"아……"

그 사람은 그렇게 말하고 잠시 말이 없었다. 숨 막히

는 정적이 흘렀다. '실수했구나. 내가 너무 무례한 질문을 한 거야.' 그때는 정말 책방 바닥이 열려서 내가 지하 깊숙한 곳으로 떨어져버렸으면 좋겠다는 생각이 들었다. 사과를 해야 할까? 사과를 해야겠지? 죄송하다고 말하고 얼른 도망쳐야겠다는 결심을 하고 입을 열려는 순간 그 사람이 먼저 내게 사과의 말을 했다.

"죄송해요. 실은 제가 여기 주인이 아니라서요."

차라리 다행이다 싶었다. 적어도 책방의 큐레이션을 꾸린 사람에게 당신의 질서가 이상하다고 말하는 무례를 범하지는 않은 것이다.

"아, 그렇군요."

나는 그렇게 말하고 손에 들고 있던 책을 그 사람에게 내밀었다. 그냥 질문만 하기가 어색해서 책장에 있는 책을 아무거나 한 권 빼서 들고 있었다. 안전장치 같은 것이랄까, 마음의 안전을 위한 보호 장비랄까. 나는 이상한 질문만 하고 내빼는 진상이 아니라 책방에 와서 책 한 권은 사 가는 일반적인 손님입니다, 그런 의미를 내포한 행동이었다.

"계산해주시겠어요?"

그 사람이 멀뚱히 서 있기만 해서 나는 책을 내민 채로 그렇게 말했다. 그 사람은 눈에 보이게 허둥대면서 책을 받고는 다시 사과를 했다.

"죄송해요. 제가 아직 이 일에 익숙지가 않아서."

그 사람은 안락의자에 앉아 고개를 푹 숙인 채 장부에 책 제목과 저자, 출판사와 가격을 쓰고 책에 도장을 찍었다. 그러는 데 한참이 걸렸다.

"봉투 필요하세요?"

그가 일어나서 긴장이 역력한 투로 물었다. 나도 그 모습을 보고 있자니 더욱 긴장이 되어서 머리가 하얘질 지경이었지만 겨우 할 말을 했다.

"아니요. 그런데 그, 저, 계산은 어떻게 할까요?"

"어머. 그렇네요. 돈을 안 받았네요. 계산은 어떻게 하죠?"

"카드로…… 해도 괜찮을까요?"

"그럼요."

그 사람은 이제 심장이 세차게 뛰는지 가슴을 한 손으로 누르고 다른 한쪽 손으로 카드를 단말기에 꽂고는 금액을 입력했다. 책값은 15,000원이었다.

"그럼 안녕히 가세요."

그가 카드를 돌려주고 나서 말했다. 계산한 책은 아직 카운터 안쪽 자리에 있었다. 책이 카운터 위에 있기만 했어도 나는 그냥 알아서 책을 집어 들고 책방 밖으로 잽싸게 나가주었을 것이다. 그 사람을 위해서나 나를 위해서나 그쪽이 편했겠지. 하지만 불행히도 책은 내손이 닿지 않는 곳에 있었다. 나는 하는 수 없이 그에게 조심스럽게 또 한 번 말을 건넸다.

"그런데 책이…… 책을 아직 안 주셨어요. 죄송합니다."

나는 그에게 정말 죄송했다. 내가 왜 책방에 와서는. 이런 뜬금없는 시간에(평일 오후 4시 반쯤이었다). 내가 아니었다면 그 사람은 혼자 평화롭게 코코아를 마시며 한적한 시간을 보낼 수 있었을 것이다. 나는 명백히 그 책방의 침입자였다.

"정말 죽고 싶네요."

갑자기 그가 말했다. 죽고 싶다고? 아니, 그 정도까지야. 이게 그렇게 죽고 싶을 일까지는 아닌 것 같은데. 하지만 나도 아까 책방 바닥이 열려서 지하로 꺼져버렸으면 좋겠다는 생각을 하지 않았는가.

"아니, 저, 그 정도까지는…… 어휴. 아니에요. 정말 별 것 아니에요."

나는 무슨 말을 해야 할지 몰라 그렇게 말했다. 말이라는 것은 정말 일부일 뿐이다. 내가 하고 싶은 말의 일부. 머릿속에 있는 수많은 구름 떼 중 몇 조각. 그래서 나는 말보다 글이 좋다. 백지는 기다려준다. 할 말을 다할 때까지. 하고 싶은 말들이 정리될 때까지. 한없이.

"손님에게 이런 말까지 해도 되나 싶지만, 실은 여기 책방 주인이 제 친구거든요. 그런데 올 초에 갑자기 고양이가 됐어요, 그 친구가."

그랬구나. 그 말을 들으니 상황이 조금은 이해가 됐다. 작년에서 올해로 넘어가는 날 밤(정확히는 자정)에 거대 고양이가 나타나 앞으로 남은 삶을 고양이로 살고 싶다면 '예'에, 계속 인간으로 살아가고 싶다면 '아니오'에 체크를 표시하라며 서류를 내민 일이 있었다. '예'를 선택한 사람들은 정말로 고양이가 되었다. 세계 인구의 5퍼센트 정도가 고양이로 변해버렸다고 한다. 당시에는 그일로 떠들썩해서 한동안 난리였는데, 시간이 지나면서 그 일도 다른 뉴스에 묻혀버렸다. 겨우 서너 달쯤 지났

을 뿐인데. 지금은 사람들이 고양이가 된 것보다 벚꽃이
만개한 것이 더 큰 뉴스거리다(내가 책방을 찾아갔던 날은
3월의 마지막 날이었다).

"그런데 어쩌다 가게를 맡으셨어요?"

아무리 봐도 카운터에 서 있는 그 사람은 책방 주인
자리가 편해 보이지 않았다. 하지만 역시 그런 말을 할
수는 없었으므로 나는 처음 질문을 건넸을 때처럼 내
가 하고 싶은 말을 돌려서 했다.

"그 친구가 고양이가 되기 전에 저한테 문자를 남겼어
요. 자기는 이제 고양이가 되기로 했는데 책방이 좀 마
음에 걸린다고. 제가 책방을 맡아줬으면 좋겠다고요."

그는 그 이야기를 하면서 휴대전화를 꺼내 나에게 문
자를 보여줬다. 문자는 생각보다 길었는데, 기억나는 대
로 적자면 이런 내용이었다.

찡찡. 난 이제부터 고양이로 살기로 했어. 종이에 서명하
기 전에 너한테 문자를 보내. 다른 건 걸리는 게 없는데 책
방은 좀 마음이 쓰이네. 괜찮다면 네가 책방을 대신 맡아
줄 수 있을까? 계속 운영해주면 좋겠지만 일단 해보다가 정

안 되겠으면 책방 문을 닫아도 돼. 보증금은 네가 갖고. 책방을 대신 맡아주는 사례비라고 생각하고 편하게 받아줘. 책방에서 생기는 수익도 당연히 다 네 몫이야. 혹시 부담스러우면 바로 책방을 내놔도 괜찮아. 그래도 보증금은 다 가져. 귀찮은 일 떠맡겨서 미안. 근데 부탁할 사람이 너밖에 생각이 안 나네. 그럼 잘 부탁해. 난 이제 정말 고양이가 된다. 안녕.

마치 유서 같은 문자였다. 그 문자를 보고 나니 새로운 호기심이 피어올랐다. 이 책방의 원래 주인은 어떤 사람이었을까? 처음에 궁금했던 것도 더 궁금해졌다. 이 사람은 어떤 질서로 책들을 정리해놓은 걸까? 물어볼 수 없는 것이 아쉬웠다.

"이 친구분은 그럼 지금 어디에 계세요? 고양이로 잘 살고 계신가요?"

카운터의 사람은 고개를 저었다.

"저도 안부가 궁금한데, 잘 모르겠어요. 그날 이후로 감쪽같이 사라졌어요. 제가 문자를 바로 봤으면 좋았을 텐데 아침에야 확인해서."

"사장님은 거절하셨나요?"

나는 카운터의 사람을 뭐라고 부를지 고민하다 그렇게 물었다. 어쨌든 지금 그 책방의 사장은 카운터의 그 사람이었으니까.

"무엇을요?"

그는 내가 던진 질문을 이해하지 못하고 어리둥절한 표정으로 되물었다.

"고양이가 한 제안이요. 고양이로 살 것인가, 사람으로 계속……."

그는 이제야 알겠다는 듯 환한 표정으로 고개를 끄덕이며 말했다.

"아아, 전 거절했어요."

"조금도 고민이 없으셨어요?"

어떤 사람들은 '신'이라고 부르기도 하는 거대 고양이가 모든 집에 동시에 나타났던 그날 이후로 사람들은 이런 대화에 익숙해졌다. 거대 고양이가 나타나서 앞으로 고양이로 살아갈 수 있는 선택지를 내밀었을 때 조금도 고민이 없었는지, 아니면 잠시라도 고양이로 살고 싶다고 생각했는지 그런 것들 말이다.

유행하는 화제가 그렇듯이 한동안은 현실에서든 온라인에서든 온통 그 얘기였다. 특히 SNS는 고양이 이야기로 도배가 됐다고 해도 과언이 아닐 정도였다. 사람들 사이에 오가는 이야기를 들으면서 알게 된 것은 적어도 한 번쯤은 고양이로 살고 싶다고 생각했던 사람이 꽤 많다는 사실이다. 생각보다 많은 사람이 거대 고양이가 나타났을 때 진지하게 고민했다고 한다.

나는 고양이로 살고 싶다고 생각한 적은 없지만, 막상 선택을 할 수 있다고 하니(물론 '그날' 우리 집에도 거대 고양이가 나타났다) 잠깐은 고민이 됐다. 하지만 나는 그리 오래 끌지 않고 거대 고양이가 내민 종이에 '아니오'로 표시했다. 기껏 출판사를 열었는데 책 한 권도 못 내보고 고양이가 되어버리기는 싫었다. 고양이가 된다 해도 책 한 권쯤은 세상에 내놓고 고양이가 되고 싶었다. 또다시 그런 기회가 올지, 책을 낸 후에 다시 거대 고양이가 나타난다면 고양이가 되는 것을 선택할지는 잘 모르겠지만 말이다. 나는 친구의 부탁으로 이 책방을 떠맡게 된 이 사람은 어떤 쪽인지 궁금했다. 거대 고양이가 나타났을 때 잠깐은 고민했을까? 아니면 한 치도 망설임 없이 '아니오'를 선택했을까? 그가 대답했다.

"제가 의심이 좀 많은 편이어서요. 그 고양이를 얼른 집에서 내보내고 싶기도 했고요. 너무 크니까 좀 무섭더라고요. 다짜고짜 이상한 종이를 내민 것도 그렇고. 수상하잖아요. '예'를 선택했는데 고양이로 변하는 게 아니라 뭔가 더 무서운 일이 벌어질 수도 있다는 생각도 했어요."

"더 무서운 일이라면?"

"글쎄요. '예'에 선택을 하고 서명을 하는 순간 글자들이 변해서 종이가 노예 계약서로 변한다거나, 제 몸이 그대로 공중분해 되어버린다거나? 어이없는 얘기지만, 그 상황 자체가 워낙 황당했잖아요. 별별 생각이 다 들더라고요."

"거대 고양이를 보내고 나서 잠이 들었다가 일어나보니 문자가 와 있었던 건가요?"

나는 그가 책방을 맡게 된 사연을 좀 더 자세히 듣고 싶은 마음에 또 한 번 질문을 던졌다. 왠지 무척이나 호기심이 일었다. 그 책방이 엉망이 아니었다면 그 정도로 호기심이 일지는 않았을 것 같다. 작은 책방들은 대개 큐레이션이 무척 뛰어나다. 전반적으로 뛰어나지는 않더라도, 부분적으로는 좋은 구석이 있다. 그건 아마도 책방 주인들이 책을 잘 알고, 책에 애정이 있는 사람들이기 때문일 것이다. 큰돈을 벌어 좋은 집과 차를 사리라는 마음으로 책방을 차리는 사람은 별로 없을 것이다. 큰돈을 벌기 위해서라면 책 장사보다 나은 것이 세상에 훨씬 많을 테니까(하지만 나도 '책 장사보다 나은 것'이 무엇이냐고 묻는다면 대답할 거리가 없다. 나 역시 출판사를 차려버린 쪽이니).

그러나 그 작은 책방에서는 그런 '좋은 구석'을 발견할 수가 없었다. 고양이가 되어 사라져버린 책방의 원래 주인은 어떤 마음으로 책방을 열었던 것일까? 나는 조금이라도 그 호기심을 해결하고 싶어 그에게 자꾸 질문을 했던 것 같다.

"처음에는 가슴이 두근거려서 잠이 잘 안 왔는데, 겨우 잠이 들고 나서는 거대 고양이가 다시 나타나도 모를 정도로 깊게 잠이 들었던 것 같아요. 짧은 시간 동안 잔뜩 긴장했다가 긴장이 풀려서 그랬는지. 아침에 11시가 넘어서야 깼는데 휴대전화를 보니 친구한테 그런 문자가 와 있는 거예요. '어제 그게 꿈이 아니었구나' 하는 생각이 들면서 잠이 확 깨서 바로 친구 집으로 가봤는데 아무도 없었어요. 친구 집이 저희 집에서 꽤 가깝거든요. 걸어서 10분이 안 걸리는 거리니까요. 보니까 창문이 열려 있었어요. 고양이가 되기 전에 미리 창문을 열어놨구나, 열린 창문을 보는데 그런 직감이 들었어요. 나중에 경찰서에서 보내준 CCTV 캡처 사진을 보니 제 직감이 맞았더라고요. 고양이가 친구 집 창문에서 뛰어내려 골목을 달리다 사라지는 게 찍혀 있었는데, 캡처 사진은 다 저장해놨어요. 보실래요?"

내가 고개를 끄덕이자 그가 휴대전화의 사진첩을 열어 내밀었다. 그의 말대로 어떤 고양이가 빌라 건물의 창문에서 뛰어내리는 모습이 포착되어 있었다. 어두워서 고양이가 어떻게 생겼는지는 잘 보이지 않았다. 고양이의 검은 윤곽 같은 것이 찍혀 있었을 뿐이었다.

"고양이가 된 친구분이 눈앞에 나타나도 알아보기 힘들겠어요. 너무 어둡게 찍혔네요."

나는 사진을 다 봤다는 표시로 휴대전화에서 시선을 떼고 말했다.

"그렇죠. 경찰서에서도 이 이상으로 뭔가를 해줄 수는 없다고 하더라고요. 비슷한 신고가 너무 많아서. 이 캡처 사진도 두 달을 기다려서 받은 거예요."

"그럼 책방을 대신 맡으신 지도 몇 달 되신 거네요."

"그것도 두 달쯤 됐어요. 처음에는 이게 뭔가 싶어서 혼란스럽기도 하고, 그래서 바로 책방에 와보지는 못했어요. 친구가 있었을 때는 오히려 자주 드나들었는데, 내가 이제부터 책방을 맡아야 한다고 생각하니 숨이 턱 막혀서 오기가 싫더라고요. 마음의 준비를 하는 데만 거의 한 달 정도 걸린 것 같아요. 일단 가보기나 하자, 어쨌든 그대로 방치해둘 수만은 없으니까. 그냥 그런 생각으로 왔어요. 그랬다가 이렇게 된 거죠."

"친구분 부탁을 거절하기가 마음에 걸려서 책방에 계속 나오게 되신 거예요? 친구분은 정 부담스러우면 책방을 닫아도 된다고 하셨잖아요. 갑자기 책방을 맡는 건 아무래도 꽤 부담스러운 일이지 않나요? 하던 일도 있으실 텐데."

"실은 제가 번역 일을 하고 있어요."

그는 부끄러운 일을 고백하듯 수줍게 말했다. 책과 관

련된 일을 하는 사람들이 자신이 하는 일을 수줍게 털어놓는 것을 나는 많이 봐왔다. 실은 제가 소설을 쓰거든요. 실은 제가 시집을 한 권 냈거든요. 실은 제가 번역일을 하거든요······. 실은 저는 책 만드는 일을 하고 있습니다. 실은 제가 책방을 하나 운영하는데요······.

자신이 하는 일을 말하는 것이 왜 그렇게나 부끄러운지는 나도 모른다. 하지만 나 역시 내가 하는 일을 남들에게 말하는 것이 부끄럽다. 남들이 내가 무슨 일을 하는지 물어오는 상황은 상상만 해도 부끄럽다. 책을 만들고 파는 일이 부끄러워서 그런 것은 아니다. 출판사를 차려놓고 책을 한 권도 못 냈다는 사실이 겸연쩍기는 하지만, 책을 많이 냈다고 해도 그다지 떳떳한 마음이 들 것 같지는 않다. 오히려 낸 책이 많으면 많을수록 더 부끄러울 것 같다. 아주 가끔 모르는 사람에게 내가 하는 일을 말해야 할 때는 아무렇지 않은 척 책과 관련된 일을 하고 있다고 말하지만(더 캐묻는 사람에게는 1인 출판사를 운영하고 있다고 솔직하게 말한다. 그러면 더 부끄러워진다), 속으로는 그런 말을 할 때마다 온몸이 배배 꼬이고 얼굴이 새빨개져서 발을 동동 구른다.

아마 이 사람도 그런 심정으로 자신이 하는 일을 고백하고 있다고 생각하니 나는 그의 손이라도 덥석 잡고 괜찮다고 말해주고 싶어졌다. 번역은 멋진 일입니다! 멋진 일이라고요! 번역이 아니라면 그 수많은 외국의 책들을 다 어떻게 한다는 말입니까? 그 문화적 단절을 어떻게 하겠느냐고요! 그렇게 외치고 싶을 정도였다.

하지만 내가 그렇게 한다면 그는 정말로 부끄러워서 죽고 싶어질 것이다. 실은 책과 관련된 일을 하는 사람들은 책과 관련된 일이 너무너무 멋지다고 생각한다. 그래서 그런 말을 하기가 부끄러운 것이다. 자신이 그렇게 멋진 일을 한다는 걸 말하는 것 자체가 너무나 커다란 자랑이 아닌가 하고. 바로 그런 자의식을 의식하는 의식이 부끄러움의 원인이다. 책과 관련된 일은 하잘것없으며 무쓸모하다는 생각과 아주 멋진 것이라는 생각이 충돌하면서 커다란 부끄러움이 생겨난다.

누군가 자신의 직업을 듣고 "그게 돈벌이가 되나요? 다른 직업을 찾아볼 생각은 없으신가요?" 하는 말을 듣는 상황도 두렵지만(놀랍게도 그렇게 말하는 사람이 세상에는 꽤 많다), "참 멋진 일을 하시네요!"라는 말을 듣는 상황은 더욱더 두려운 것이다. "아니요. 아이고, 참. 그렇게 멋진 일은 전혀 아닌데요. 그저 노동의 한 종류일 뿐입니다"라고 겸손한 척 말하면서도 실은 조금 우쭐해지는 마음 깊숙한 곳의 자의식을 책과 관련된 일을 하는 사람들은 두려워한다.

나도 이 업계의 사람이긴 하지만, 정말 웃기는 인간들이다. 물론 우리도 바보는 아니라서 세상은 책과 관련된 일이나 책과 관련된 일을 하는 사람에게 별 관심이 없다는 것 정도는 알고 있다. 누가 어떤 자리에서 자신이 명문대를 나왔다거나 의사 같은 직업을 가졌다고 밝히면 사람들은 반사적으로 멋지다고 말하지만, 실은 크게 관심이 없다.

그런 것과 마찬가지다. 심지어 책과 관련된 일은 명문대를 나오거나 의사 같은 직업을 가진 것보다 사회적으로 더 낮은 위치에 있다. 특히 책을 한 권도 내지 못한 작가나, 책을 내기는 했지만 거의 팔리지 않아서 업계 사람이 아니면 아무도 모르는 작가나, 책을 한 권도 내지 못한 1인 출판사 대표라는 직함은 사회적인 시선으로 보면 백수나 다름없다. 그러나 다시 말하지만, 내가 무슨 일을 하는지 남에게 말해야 하는 상황이 두려운 것은 내 직업의 사회적 위치가 낮아서가 아니라 책과 관련된 일이 너무너무 멋지다고 생각하는 나의 마음 깊숙한 곳의 자의식 때문이다. 그 우쭐거리는 놈을 없앨 수가 없어서다.

"그러면 책방 일이 원래 일을 하시는 데에 크게 방해는 안 되세요?"

나는 그가 더 부끄러워질까 봐 번역 일에 대해 직접적으로 언급하지 않고 우회적인 질문을 던졌다.

"원래 여기에 와서 작업을 할 때가 많았고, 책방에 오는 손님도 거의 없어서 일에 크게 방해가 되지는 않아요. 아무래도 해야 할 일들이 늘기는 했는데, 하다 보니 조금씩 적응이 되고 있어요. 그런데 실례지만, 손님은 어떤 일을 하세요? 혹시 이쪽분이 아니신가 해서요."

훅 들어온 질문에 가슴이 철렁 내려앉았다. 나는 마음속으로 심호흡을 한 뒤 대답했다.

"책과 관련된 일을 하고 있기는 합니다."

카운터의 사람은 내 대답을 듣고 아주 반가워하며 다시 물었다.

"책과 관련된 일이라면, 어떤 일을 하세요?"

"혼자서 작은 출판사를 운영하고 있어요."

"그러시구나. 역시. 이쪽분 같으시더라고요."

나의 어떤 부분을 보고 내가 자신과 동종업계 사람임을 알아챘을까 궁금했지만 묻지는 않았다. 그 사람 역시 뭐라고 딱 짚어 말하기는 어려워도 동종업계 사람 같은 분위기를 풀풀 풍겼는데, 실은 나도 그렇다는 걸 어느 정도는 알고 있다. 꼭 안경을 쓰고 에코백을 메고 다니지 않더라도 책과 관련된 일을 하는 사람은 '뭔가 그런 분위기'를 풍긴다. 그게 구체적으로 어떤 것이냐고 하면 나도 잘 모르겠다. '뭔가 그런 분위기'란 그게 어떤 것인지 아는 사람만 알아들을 수 있는 업계 용어다(물론 공식적인 것은 아니다. 그리고 참고로 나도 안경을 쓰고 에코백을 메고 다닌다. 에코백은 국제도서전 굿즈다).

"출판사 이름을 여쭤봐도 될까요?"

카운터의 사람은 내가 책과 관련된 일을 한다고 하니 친근감을 느끼는 모양이었다. 나도 그렇기는 했다. 분야는 달라도 책과 관련된 일을 하는 사람들끼리는 묘한 소속감이 있다. 출판계는 좁아서 알고 보면 건너 아는 사이거나 건너건너 아는 사이일 때가 많기도 하고, 이렇게 책이 안 팔리는 시대에 책과 관련된 일을 한다는 것에 대해 서로 동정심이 섞인 동질감 같은 것을 느끼는 것 같다.

"아직 이름이 없습니다."

나는 솔직하게 탁 털어놓는 투로 말했다.

"'이름이 없다'는 것은 '이름을 정하지 못했다'는 뜻일까요, 아니면 '유명하지 않다'는 뜻일까요?"

번역하는 사람답네. 나는 내 말의 의미를 정확하게 짚으려는 그의 질문을 듣고 생각했다.

"전자입니다."

나는 그렇게 대답하면서 내 말투가 딱딱해졌다는 것을 의식했다. 남에게 출판사 이야기를 할 때 나는 나도 모르게 경직되어버린다. 이유는 앞서 길게 말했으니 그 이상으로 설명할 필요는 없을 것이다.

"출판사를 여신 지가 얼마 안 되셨나 봐요."

카운터의 사람이 무엇이든 이해할 준비가 되어 있는 것 같은 표정으로 말했다. 그는 내가 무엇이라고 하든 고개를 끄덕여줄 것 같았다. 그 순간 나는 그가 이해하지 못할 말을 하고 싶은 욕구와 그에게 이해받고 싶은 욕구를 동시에 느꼈다. 두 가지 상반된 욕구가 마음속에서 파도처럼 출렁이며 부딪혀서 속이 울렁거렸다.

"아뇨, 2년이 넘었어요."

나는 짧게 대답했다. 내 대답을 들은 그는 역시 놀란 것 같았다.

"이름도 없이 어떻게 2년 넘게 출판사를 운영하셨어요? 어쩌다 그렇게 됐죠?"

그는 내게 물으면서 웃었다. 처음에는 소심해 보이는 사람이라고 생각했는데, 이야기를 나눠보니 그렇지만도 않은 듯했다. 대화를 나누다 보니 긴장이 풀린 걸지도 모른다. 내가 동종업계 사람이라는 걸 알게 된 것도 긴장을 푸는 데 한몫했을 것이다. 웃는 얼굴을 보니 이쪽이 그의 진짜 얼굴에 가깝겠다는 느낌이 들었다. 우스운 일에는 웃어버리는 그런 성격인 것 같았다.

"딱 맞는 이름을 찾지 못했어요. 번역하실 때도 그런 일이 있지 않은가요? 어떤 단어를 번역해야 하는데 딱 그 단어와 같은 뜻의 말을 찾지 못하는 그런 경우요."

"있죠. 하지만 보통 몇 년이나 질질 끌지는 않아요. 그

154

런 식으로 일하면 마감을 못 지켜서 일이 뚝 끊길걸요?"

그 사람은 우선 웃는 얼굴로 그렇게 말했지만, 그러고 나서 다시 내가 한 말을 곰곰이 생각해보는 듯했다. 그러더니 천천히 고개를 끄덕이고 자신이 생각한 것을 내게 말했다.

"그런데 그런 일이 있긴 있어요. 최대한 비슷한 단어로 옮기거나, 주석을 달아서 원문에서 그 단어가 어떤 뜻으로 쓰인 건지 길게 설명을 하는 식으로 처리하긴 하지만. 실은 원고를 보내고 나서도 한동안 찝찝해요. 그런 단어들을 모아놓은 수첩도 따로 있어요. 우리나라 말로 정확하게 옮기지 못한, 우리나라 말에는 없는 외국어 단어들을 모아놓은 수첩이요."

"모아놓는 이유가 있으신 거예요? 더 연구를 해본다거나……."

"처음에는 나중에 시간이 나면 다시 찾아볼까 싶어서 적어놓은 거긴 해요. 아무래도 마감이 있는데 한 단어를 붙잡고 하염없이 시간을 끌 수는 없으니까요. 일단 애는 써보지만 끝까지 해결이 안 되는 단어들이 있어요. 지금 말하면서 떠오른 건데, 실은 꼭 나중에 답을 찾으려고 수첩에 적어놓는 건 아닌 것 같아요."

"그럼 왜 적어놓으시는 걸까요?"

"찝찝해서."

"찝찝해서?"

"네, 지금 생각해보니 그 이유가 더 큰 것 같아요. 수첩에 적으면서 일단은 그 단어를 매어놓는 거죠. 목장에서 소를 매어놓는 것처럼. 그러지 않으면 해결 못 한 단어들이 머리 위를 둥둥 떠다니거든요. 그 단어가 있는 작품을 번역할 때는 그래도 어쩔 수 없지만, 다음 작품으로 넘어갔을 때 전에 번역한 작품 속에 있는 단어들이 머리 위를 둥둥 떠다니면 곤란하잖아요. 그래서 일단은 수첩에 적어놓는 거예요. 매어놓으려고요."

"그렇군요."

나는 고개를 끄덕였다. 거기까지 들으니 그의 말을 거의 이해할 수 있었다. 말이란 신기하다. 다른 사람의 머릿속에 있는 생각을 이해할 수 있게 한다. 전부는 아니더라도. 애초에 말이란 단어를 여러모로 조합해서 머릿속 생각을 밖으로 꺼내놓는 것이다. 물리적 형태가 없는 '생각'이라는 것을 소리로 바꾸는 것이 '말'이고, 눈으로 볼 수 있게 문자로 옮기는 것이 '글'이다. 그러고 보면 말이나 글은 번역이기도 하다. 나는 그런 이야기를 그에게 하려다 말았다. 사람은 백지보다 인내심이 없다는 것을 잘 알고 있기 때문이다. 게다가 번역가에게 번역에 대해 아는 척을 한다는 것은 너무 꼴사나운 일이다.

"그런데 그럼 책을 내실 때는 어떻게 하셨어요? 출판사 이름 없이 책을 낼 수는 없지 않아요?"

그날 그 사람과 나눈 대화는 어색한 자리에서 가만히 있기 뭐해서 형식적으로 오가는 스몰토크는 아니었다. 나는 형식적인 스몰토크는 딱 질색이지만, 진짜 대화는 좋아한다. 그 사람은 정말 궁금한 것처럼 질문을 했다. 그래서 나는 대충 얼버무리지 않고 진짜 대답을 했다.

"아직 책을 내지는 못했어요."

담백하게 대답하려고 했는데 실제로 나온 말은 초라했다. 의도하지 않게 말의 뉘앙스에서 부끄러움이 느껴졌다. 그게 마음에 안 들었다. 나는 책과 관련된 대화를 나누고 있다는 사실이 부끄러운 것이지 내가 아직 책을 한 권도 내지 못했다는 사실이 부끄럽지는 않았다. 둘은 큰 차이가 있다. 다시 더 정확하게 말할까 고민하는 사이에 카운터의 사람이 또 다른 질문을 던졌다.

"자꾸 물어봐서 죄송한데, 왜 책을 안 내셨어요? 내고 싶은 책이 있어서 출판사를 여신 게 아닌가요?"

"내고 싶은 책이 있기는 한데요, 아직 제가 책으로 만들고 싶은 원고를 못 찾았어요."

"어떤 책을 만들고 싶으신데요? 어떤 원고를 찾고 계신 거예요?"

"사랑에 대한, 시시하지 않은 원고요."

"그런 책이라면 꽤 많지 않나요?"

"예를 들면요?"

"글쎄요. 바로 떠오르는 것은 없네요. 하지만 그런 책을 몇 번은 읽어본 것 같아요."

"제가 찾는 게 그런 거예요. 없을 것 같지만 가끔은 그런 책이 나오잖아요. 그런 책을 낸 출판사들은 어떻게 그런 원고를 찾았는지 모르겠어요. 나름대로 찾는다고 찾아봤는데 눈에 띄는 원고가 없었어요. 너무 오래 그런 상태다 보니까 해변에서 특별한 모래알을 찾으려고 헤매고 있는 것 같은 기분이 들 때도 있어요. 사실은 좀 지쳤어요."

나는 그렇게 말하면서 내가 조금은 지쳤다는 것을 처음으로 깨닫고 놀랐다. 나는 지쳤던 것이다. 출판사랍시고 작은 사무실을 차려놓고 앉아서 매일 원고를 기다리고, 마치 나들이를 좋아하는 백수처럼 바깥을 돌아다니며 있을지 없을지 모르는 원고를 찾아다니는 일에 말이다.

"쉽지는 않은 일이겠어요."

카운터의 사람이 아주 신중한 어조로 그렇게 말해서 나는 위안을 받았다. 누구도 나에게 그런 말을 해준 적이 없었다. 내가 이름도 없는 출판사를 차려놓고 하염없이 내가 책으로 만들고 싶은 원고를 기다리고 있다고 하면 사람들은 농담을 들은 것처럼 웃거나, 그에 대해 농담을 하려고 하거나, 조언을 하거나, 한심하다는 생각을 드러내지 않으려고 애써 무표정을 유지하면서 아무 말도 하지 않고 나를 보았다. 그 사람처럼 따뜻하게 말해준 사람은 아무도 없었다.

"네, 쉽지는 않아요. 하지만 제가 좋아서 하는 일이니…… 누가 억지로 시킨 게 아니잖아요. 제가 그만둔다고 해도 아무도 모를 거예요. 오늘 당장 출판사 문을 닫는다고 해서 실망할 사람도 없고. 제가 책을 내길 기다리는 사람은 아무도 없어요. 아무도요. 정말 제가 좋아서 하는 일이에요. 그러니 불평할 수는 없죠. 불평하고 싶지는 않아요."

"제 친구도 똑같은 얘기를 한 적이 있어요. 신기할 정도로 제 친구가 했던 말이랑 똑같아요."

"그런가요?"

나는 되물었다. 이 책방의 주인은 어떤 사람이었을까 하는 호기심이 다시 살짝 출렁였다.

"친구가 있을 때도 책방이 그렇게 잘되진 않았거든요. 여기 있으면 이상하게 작업이 잘돼서 거의 매일 오다시피 했는데, 손님을 본 적이 별로 없어요. 하루에 한 명 올까 말까. 주말에는 손님이 조금 더 올 때도 있었지만 일주일에 열 권 팔면 장사가 잘됐다고 할 정도였으니까요. 정말 안 될 때는 한 달 동안 한 권도 못 팔기도 하고. 그나마 월세가 싼 편이라 버텼던 거예요. 친구 일이니 너무 참견하지 말자고 생각하면서도 가끔은 걱정이 돼서 힘들지 않느냐고 물어보게 되더라고요. 그때마다 그 친구가 했던 말이 그거예요. 자기가 좋아서 하는 일이니 불평할 수 없다고. 불평하고 싶지 않다고요."

한 번도 본 적 없는 사람이지만 왠지 이상할 정도로 책방의 원래 주인이라던 그 사람의 얼굴이 구체적으로 떠올랐다. 고집이 엿보이는 옆얼굴. 완고하다고 해야 할까, 강직하다고 해야 할까. 모두가 수돗물을 쓰는 시대에 혼자 깊은 우물을 파고 있는 사람. 그런 사람이 아니었을까? 아마 그는 고독했을 것이다. 이 일이 과연 쓸모 있는 일일까 생각에 잠긴 적도 있을 것이다. 무의미한 일을 하고 있는 건 아닐까 하고. 손님 한 명 없는 책방에 종일 혼자 앉아 기다리며 그 사람은 어떻게 시간을 보냈을까? 그러다 나는 내가 그에게 지나치게 내 모습을 투영하고 있다는 것을 깨닫고 의식적으로 그 생각을 멈췄다. 그는 나와 다른 사람이다. 그는 고독하지 않았을지도 모른다. 매일 책방 문을 열고 손님을 기다리는 것이 행복했을지도 모른다. 그는 내가 아니었다.

"친구분은 여기서 책방을 얼마나 하셨어요?"

실은 더 많은 것들이 궁금했지만 나는 호기심을 절제하고 그것만 물었다.

"10년 동안 이 자리에 있었어요. 아예 장사가 안 됐으

면 접었을 수도 있는데, 밤새 고민하다 책방을 접자고
마음의 결정을 내리고 책방에 나오면 그날은 꼭 손님이
왔다고 친구가 얘기한 적이 있어요. 일주일 동안 손님
이라고는 코빼기도 안 보이다가 책방 문을 닫으려고 마
음을 먹으면 꼭 그날 누군가 와서 책을 사 가면서 동네
에 책방이 있어서 참 좋다고 그런 말을 하고 간대요. 그
러면 또 마음이 스르르. 그렇게 지금까지 온 거예요, 이
책방이."

"그런 날 손님이 안 왔다면 이 책방은 없어졌을까요?"

내 말에 그는 고개를 저었다.

"제가 그 친구는 아니니까 확언은 할 수 없지만, 아마
아닐 거예요. 책방을 닫아야 하는 게 아닐까 하는 생각
은 항상 했을 테고 그러다 손님이 오면 조금만 더 해보
자 했던 거겠죠. 옆에서 보기에는 책방을 계속할 이유
를 그런 식으로 계속 스스로 찾았던 것 같아요. 결국은
친구 말대로 자기가 좋아서 하는 일이었던 거죠."

"충분히 이해가 되네요."

"그렇죠."

우리는 잠시 말없이 고개를 끄덕이며 뭔가를 곰곰이

생각했다. 카운터의 사람이 어떤 생각을 하고 있었는지는 알 수 없지만, 나는 우리의 일에 대해 생각했다. 우리는 모두가 수돗물을 쓰는 시대에 우물을 파는 사람들이 아닐까 하는.

"이제 가봐야 할 것 같아요. 사무실로 돌아가봐야 해서요."

내가 말하자 카운터의 사람이 아차 하는 표정으로 책을 내밀었다.

"제가 너무 시간을 빼앗았네요. 제 얘기도 너무 많이 하고. 죄송해요."

"아니에요. 제가 시간을 빼앗았죠. 안녕히 계세요."

고개를 꾸벅 숙이고 책방을 나서는데 등 뒤에서 인사말이 들렸다. "또 오세요." 그 말을 듣는데 왜 슬퍼졌는지 모르겠다. 사무실로 돌아와 시간을 보니 5시 반이었다. 나는 자리에 앉은 다음 출판사 SNS 계정에 접속해 게시물을 올렸다. "외근을 끝내고 사무실로 돌아왔습니다." 그리고 퇴근 시간인 6시까지 사무실에 앉아 있었다. 그날도 찾아오는 사람은 아무도 없었다. 나는 6시 정각에 게시물을 올리고 사무실에서 나왔다. "퇴근합니다. 내일 뵙겠습니다. 모두 좋은 저녁 보내세요."

🐾

　며칠 뒤에 나는 다시 한번 그 책방에 들렀다. 번역가
이자 책방 주인이 된 사람은 지난번에 내가 첫 방문을
했을 때처럼 알록달록한 패치워크 패브릭이 걸쳐진 안
락의자에 앉아 있었다. 그런데 달라진 것이 하나 있었
다. 안락의자에 앉은 그 사람의 무릎에 커다란 회색 고
양이 한 마리가 앉아 있었던 것이다.

　"오늘은 고양이랑 계시네요?"

　"그 친구예요. 길거리를 돌아다니는 데 지쳤는지 한밤
중에 제가 사는 집으로 찾아왔더라고요."

　그 사람은 활짝 웃으며 그렇게 말하고는 무릎 위의 고
양이를 부드러운 손길로 쓰다듬었다.

　"같이 사는 게 힘들지는 않으세요?"

　"예전에 고양이랑 꽤 오래 같이 살았던 경험이 있기도
하고, 이 친구가 워낙 독립적인 성격이라 제가 할 일이
별로 없기도 해서 그럭저럭 괜찮아요."

나는 첫 방문 때 물었던 것을 다시 한번 물었다. 이번에는 책방의 원래 주인도 함께 있으니 답을 구할 수 있지 않을까 싶었다.

"저번에도 여쭤보기는 했지만 친구분은 책들을 어떤 규칙으로 진열하셨을까요? 제 눈에는 규칙이 잘 보이지 않아서요."

혹시 책방의 원래 주인이 내 말을 듣고 불쾌해져서 하악질을 하며 나를 내쫓지는 않을까 두려웠지만, 고양이는 나를 한 번 힐긋 보고 하품을 한 뒤 책방을 이어받은 친구의 무릎에 고개를 파묻었다.

"아, 그건요. 지난번에는 갑자기 손님이 들어와서 뭘 물어보시니까 머릿속이 하얘져서 대답을 못 드렸는데, 친구가 정리를 하던 중이라서 그런 거예요."

"진열을 바꾸려고 하셨나 보죠?"

"그렇기도 하고……. 이 책방은 완벽하게 정리된 적이 한 번도 없어요. 친구가 항상 책을 다시 꽂았거든요. 친구 말로는 더 좋은 진열법을 찾으려고 계속 다시 정리하는 거라고 했는데, 제가 보기에는 점점 더 어지러워지기만 하는 것 같았어요. 그런데 친구는 눈에는 잘 안 보이지만 점점 더 좋은 진열에 가까워지고 있다고 말하더라고요. 저는 지금도 잘 모르겠어요. 제 친구가 생각하는 좋은 진열이란 게 어떤 건지요."

"저도 궁금하네요. 그걸 알려면 책방에 자주 와야겠어요."

"글쎄요. 제 친구 머릿속에 한번 들어갔다 나오는 게 더 빠르지 않을까 싶네요."

그 사람이 그렇게 말하며 웃자 고양이가 그를 올려다보고 짧게 울었다. 야옹.

나는 조만간 다시 그 책방에 가볼 생각이다. 계속 바라보다 보면 그 책방의 질서를 알게 되는 날이 올 것이라고 나는 믿고 있다. 책방이 사라지지 않는 한 시간은 충분하다. 당신도 시간이 된다면 한번 방문해보기를 권한다. 그 책방의 주소는…….

고양이가 된 나의 입장

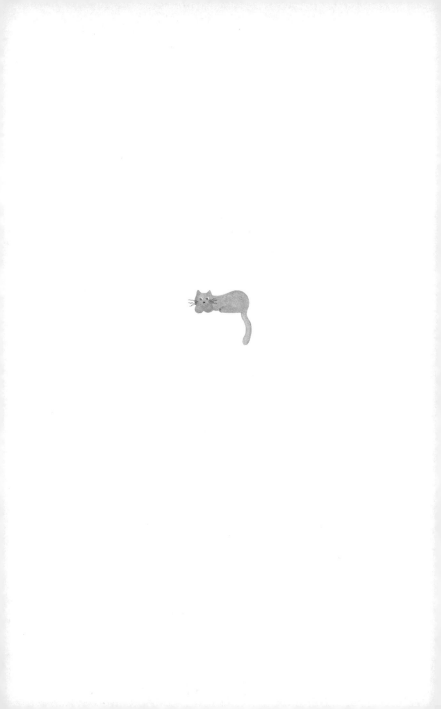

빨래 냄새가 난다. 열린 창문으로 살랑살랑 부는 바람이 들어온다. 바람이 내 얼굴 털을 간지럽힌다. 수염도 살짝 흔들린다. 내 얼굴은 푹신한 털로 뒤덮여 있다. 얼굴만 그런 게 아니라 온몸이 그렇다.

온몸이 푹신하다는 건 기분 좋은 일이다. 지금 나는 머릿속에 한 문장씩 떠올리고 있다. 고양이가 된 지 얼마 안 되어서인지 아직은 사람의 언어가 많이 남아 있다. 시간이 지나면 조금씩 사라질 테지만(그런 기분이 든다) 아직은 사람의 말을 떠올릴 수 있다. 사람의 말로 생각할 수 있다.

나는 사람이었을 때도 머릿속으로 문장을 하나씩 떠올리며 생각하는 편이었다. 생각을 머릿속에서 분명한 문장으로 바꾸는 것에 익숙했다고 하는 게 더 정확하려나? 다른 사람들도 그러는지는 모르겠지만, 나는 머릿속에 떠오르는 생각이나 눈앞에 보이는 것들, 들리는 것들과 느껴지는 것들을 문장으로 바꾸는 것이 습관이 되어 있었다. 그런 일에 익숙했다.

나는 왜 그랬던 걸까? 일기를 쓰기 위해서 그랬던 것 같기도 하다. 나는 매일 일기를 썼다. 블로그 같은 곳에도 올리지 않았다. 그냥 혼자 쓰는 일기였다. 밤에 자기 전에 침실의 책상에 앉아 노트에 그날 있었던 일들이나 떠오른 생각들을 적었다.

일기를 더 꼼꼼하게 쓰기 위해 휴대전화의 메모장 기능도 많이 썼다. 눈앞의 일들이나 떠오른 생각이 머릿속에서 문장으로 바뀌면, 그 문장들이 날아가기 전에 휴대전화 메모장에 적어놓았다가 밤에 일기로 옮겼다. 그렇게 열심히 메모하고 일기를 썼지만, 그날 있었던 모든 일이나 떠올랐던 생각을 전부 기록하는 건 불가능했다.

그런데 나는 왜 그렇게 일기를 열심히 썼을까?

매일. 성실하게.

그때는 내가 매일 무언가를 꾸준히 한다는 것 자체가 스스로에게 중요했던 것 같다.

나는 매일 아침 10시에 책방 문을 열고 저녁 8시에 닫았다. 손님이 오든 안 오든. 그런 것과는 상관없었다. 나에게는 내가 매일 정해진 시간에 가게 문을 열고 닫는다는 사실이 중요했다. 일주일에 하루는 가게 휴무였지만, 나는 휴무일에도 똑같이 가게에 나가 하루를 보냈다. 다른 날과 똑같은 시간에 가게에 가고, 똑같은 시간에 가게에서 나왔다.

이제 와 돌아보니 나는 미련했다.

참 미련하게 살았구나.

후회가 되는 건 아니지만, 그때의 내가 가엾다.

다시 인간으로 돌아간다면 다르게 살 수 있을까? 그렇지는 않을 거다. 자신이 없다. 어떻게, 어떤 방식으로, 어떤 방향으로 다르게 살 수 있을지 모르겠다. 감도 오지 않는다.

역시 고양이가 되길 잘했다. 고양이가 되고 나니 다르게 살 수 있다.
우선 내가 책방 문을 열지 않아도 된다.
책방 문은 이제 찡찡이 연다.

찡찡은 찡찡답게 매일 내게 징징거린다. "왜 나한테 책방을 맡긴 거야. 난 내 가게를 열거나 하는 그런 엄청난 일은 살면서 생각도 해본 적 없는데. 나보고 어쩌라고, 정말! 나 너무 힘들어. 이 막중한 책임에서 놓여나고 싶어. 이제라도 사람으로 돌아와. 얼른. 네 가게 말아먹는

꼴 보고 싶지 않으면. 생각해봐. 네가 그 책방을 얼마나 열심히 운영했니? 거의 매일 쉬는 날도 없이 책방 일에만 매달렸잖아. 10년 가까이. 손님도 별로 없는 가게를 그렇게 열심히……."

그런 식의 푸념을 날마다 한다. 내가 멋대로 가게를 맡겨버렸으니 찡찡이 그러는 것도 당연하다. 내 업보라고 생각해서 나도 웬만하면 찡찡의 푸념을 가만히 듣는다. 하지만 그 이야기가 끝없이 길어질 조짐이 보이면 슬쩍 자리를 피할 때도 있다.

찡찡의 말을 알아들을 수 있다는 것. 내가 쓰던 언어로 생각할 수 있다는 것. 이것이 언제까지나 계속되지는 않을 것이다. 실제로 고양이가 되고 나서는 한없이 멍해지거나 문장으로 변하지 않는 생각들이 떠오를 때도 있다. 무엇보다 자꾸만 졸려서 큰일이다. 깨어 있는 시간이 잠들어 있는 시간보다 더 적은 것 같다. 나는 자꾸 잠이 든다. 잠은 달콤하다.

어느 날 찡찡의 말을 알아들을 수 없게 된다면. 나는

허전할까, 속이 시원할까? 아마도 시원섭섭할 거다. 쩡쩡에게는 오래 만난 남자친구가 있다. 쩡쩡이 결혼을 한다면 그때도 내가 쩡쩡과 함께 살 수 있을까? 만약에 내 안에서 인간의 말이 사라진다면 그때는 이런 인간적인 생각이나 마음도 함께 사라졌으면 좋겠다. 고양이도 슬픔은 알겠지만 나처럼 자주 일어나지도 않은 미래의 일 때문에 두려워하거나 가슴이 아프거나 하지는 않을 것 같다. 고양이에게도 미래라는 개념이 있을까? 고양이도 미래에 일어날 일을 상상할까? 아마 그럴 것이다. 미래를 상상할 수 없다면 아직 일어나지는 않았지만 일어날 수도 있는 위험들은 대비할 수 없을 테니까.

다람쥐가 도토리를 모아놓는 것은 겨울을 대비하기 위해서다. 다람쥐에게도 미래에 대한 개념이 있는데 고양이라고 없을 리 없다. 나는 사실 고양이에 대해 아는 게 별로 없다. 고양이와 함께 살아본 적도 없고, 길에 사는 고양이에게 밥을 챙겨줘 본 적도 없다. 하지만 고양이라는 동물 자체가 멋지다는 생각은 늘 있었다. 나는 모든 고양잇과 동물을 좋아했다. 호랑이, 표범, 재규어 등등. 고양이도 종에 상관없이 다 다름의 매력이 있어 보였다. 참 멋지지 않은가. 우아하게 걷고, 높은 데서 훌쩍 뛰어내려 사뿐히 착지하고, 꼬리도 멋지고, 동그란 눈도 아름답다. 나는 고양잇과 동물들의 눈빛이 특히 좋았다. 속을 알 수 없는 야생적인 눈. 서늘하다가도 다정한 눈빛.

　고양이가 되다니 운이 좋다. 그동안 내 인생은 그리 크게 운 좋은 일도 없었고, 또 그리 크게 불행한 일도 없었다. 그럭저럭 남들만큼. 가끔 운 좋은 일도 있었다. 놓칠 줄 알았던 버스를 탔다거나, 빵을 샀는데 좋아하는 캐릭터의 스티커가 나왔다거나, 호텔 예약을 했는데 직원이 업그레이드를 해주어 더 좋은 방에서 묵었다거나 하는 정도의 일들이었다. 가끔 운 나쁜 일도 생겼다. 운이 나쁜 일에는 어떤 것들이 있었는지 잘 기억이 안 난다. 나는 의외로 나쁜 일들을 금방 잊어버리는 성격이다. 지금 돌아보니 일부러 지우면서 살았던 것 같기도 하지만. 작게 운 좋은 일들과 작게 운 나쁜 일들로 내 인생은 이루어져왔던 듯하다.

그러다 갑자기 고양이가 됐다. 그때로 돌아간다고 해도 같은 선택을 할 테고, 고양이가 되고 보니 마음에 드는 점도 꽤 있다. (앞서 말한 고양잇과 동물의 멋진 점 전부. 이제 내가 그 매력을 다 가지고 있다. 하하.) 그렇다고 '잭팟이 터졌다!' 같은 느낌은 안 든다. 엄청난 행운이라기에는 기묘한 일에 더 가깝다는 느낌이다.

만약에 다른 선택지가 하나 더 있었다면 어땠을까?

1. 고양이 되기
2. 인간으로 계속 살기
3. 엄청난 돈

세 번째 선택지는 잠깐 혹했을지는 몰라도 금방 생각이 복잡해졌을 것 같다. 세금은 떼는 건가, 마는 건가. 남들도 다 세 번째 선택을 한다면? (그렇다면 세상에 더 큰 혼란이 왔을 거다. 초인플레이션이라든지. 내 돈은 결국 다 종이쪽이 됐을 가능성이 크다.) 그런 생각들을 하다가 결국 '고양이 되기'를 골랐을 거다. 인간으로 계속 살 이유는 하나도 없었다. 신기할 정도로 단 하나도 떠오르지 않았다.

거대 고양이가 나타나 내게 선택지가 적힌 종이를 내밀었던 그 밤이 생각난다.

처음에는 혼란스러웠다. 이게 현실이 맞나? 현실일 수가…… 있을까?

지금도 가끔 의심이 들기는 한다. 사실 나는 죽은 게 아닌지. 아니면 갑자기 쓰러져서 혼수상태가 되었다거나. 사실은 모두 다 내 머릿속에서 일어난 일들은 아닐까? 하지만 그렇다면 언제부터가 꿈인지도 모호해진다. 내가 책방을 운영했던 것도 꿈일 수 있다. 내가 태어난 것조차 꿈일 수도 있다. 내가 태어나서 살아온 모든 시간이 전부 없었던 일인지도 모른다.

예로부터 많은 철학자가 말했듯이 우리의 인생은 누군가의 꿈일 수도 있다.

아닐 수도 있고.

눈앞에 거대 고양이가 나타난 것은 너무나 비현실적인 일이라 꿈을 꾸는 듯한 느낌도 들었다. 그게 꿈이었다면 나는 아직 꿈에서 깨지 않았다. 내게 일어난 그 모든 일이 진짜처럼 느껴지긴 하지만 말이다.

5분에서 10분쯤 걸렸던 것 같다. 내 앞에 있는 거대 고양이를 받아들이는 데에 걸린 시간. 일단 그게 현실이라고 받아들인 다음에는 머릿속으로 해야 할 일들을 정리했다. 우선은 고양이가 될지 말지 정하는 게 먼저였겠지만, 왠지 그건 이미 정해져 있었다. 거대 고양이에게 선택지가 적힌 종이를 받은 순간, 바로 그 순간에 이미 나는 고양이가 되는 선택지에 체크를 표시했던 것 같다. 마음속으로.

자, 이제 내가 고양이가 되는 거구나.
그럼 뭐부터 정리해야 하지?

집은 상관없었다. 어차피 난 고양이가 될 건데 뭐. 보증금이 적은 돈이라 할 수는 없었지만, 엄청나게 큰 돈도 아니었다. 게다가 법적인 문제를 다 해결하고 고양이가 될 수 있는 선택지는 없었다. 나는 직감적으로 그날 밤 안에, 동이 트기 전에 결정해야 한다는 걸 알 수 있었다. 잠시 고민하다 최소한의 조치는 해두는 게 나을 것 같아 깨끗한 종이를 꺼내서 자필로 적었다. '월세 보증금의 반은 부모님께' 여기까지 쓰고는 종이를 잘게 찢어 쓰레기통에 버리고 새 종이를 꺼내 다시 썼다.

집 월세 보증금은 찡찡에게 줄 것. 가게에 대한 권리도 모두 찡찡에게 위임합니다. 가게와 관련된 모든 돈(보증금 및 권리금 등 일체) 역시 찡찡에게 권리가 있음.

그 아래에 찡찡의 본명과 연락처, 집 주소도 적어놓았다. 나중에 그것을 보고 찡찡은 어이없어했다. "어이없어 죽겠네, 정말. 다 내 거라고? 누가 보면 내가 네 필생의 사랑인 줄 알겠어. 눈물 난다, 눈물 나!"

내가 인간의 말을 할 수 있었다면 쩡쩡에게 곧바로 말했을 것이다. "너 내 필생의 사랑 맞아. 몰랐어?"

우정도 사랑이다. 우정과 사랑의 경계를 나는 잘 모르겠다. 사는 동안 알려고 애써왔지만, 구분하려 하면 할수록, 두 감정 사이에 선을 그으려고 하면 할수록 더 어렵고 혼란스러워질 뿐이었다.

나는 쩡쩡의 남자친구를 질투했나?
조금은.

나는 쩡쩡이 언젠가 그 누군가와 결혼할 거라는 사실이 섭섭했나?
조금은.

그렇다고 내가 쩡쩡의 애인이 되거나 쩡쩡과 결혼하고 싶은 건 아니었다. 우리는 친구 사이였고, 나는 그 이상을 바라지 않았다. '그 이상'이라는 것도 이상한 말이다. 관계에는 다른 형태가 있을 뿐 그 이상이나 그 이하는 없다.

나는 찡찡과 친구여서 좋았다. 찡찡을 독점하지 않아서, 찡찡에게 나 말고도 다른 많은 친구가 있어서 좋았다. 찡찡과 의무적으로 연락하거나 의무적으로 만나지 않아도 되어서, 의무적으로 함께 시간을 보내지 않아도 되어서 좋았다. 우리의 관계가 하나의 방이라면, 그 방의 창문은 언제나 활짝 열려 있었다. 그 창문으로 상쾌한 바람이 들어오고 나갔다.

우리의 방에 꽉 닫힌 문은 없었다. 언제나 부담 없이 들어왔다 나갈 수 있는 방. 아침의 빛이 들어오기도 하고, 오전이나 오후의 빛이 들기도, 저녁이나 밤, 새벽의 어둠이 내리기도 하는 방이었다.

나는 우정의 방을 사랑했다. 서로를 얽매지 않는, 자유롭게 놓아두는, 그저 다정한 우정의 방. 우리, 나와 찡찡은 그 우정의 방을 공유하는 사이였다.

고양이가 되고 나서 나의 일상은 많이 단조로워졌다. 집에 혼자 있을 때는 멍하니 창밖을 보고 있을 때가 많다. 아니면 잠을 자거나. 몸이 찌뿌둥할 때는 괜히 집 안을 어슬렁거리기도 한다. 찡찡은 개인적인 일로 외출할 때는 나를 혼자 남겨두고 나간다(책방에 갈 때는 데려간다). 개인적인 일이란 주로 친구를 만나거나 남자친구와 데이트를 하거나 하는 등의 약속이다. 같이 살아보니 찡찡은 내가 알고 있던 것보다 더 친구가 많다. 인간이었을 때 나는 한 달에 한 번 정도 약속이 있을까 말까였는데, 찡찡은 약속이 없는 날이 잘 없다. 집에서 혼자 보내는 날은 한 달에 한두 번 정도일까? 집에서 혼자 멍하니 있는 시간은 거의 없는 것 같다.

찡찡이 남자친구와 시간을 보내는 패턴도 대충 알게 됐다. 찡찡은 프리랜서지만 남자친구는 직장인이라 주로 주말을 같이 보낸다. 보통은 특별한 약속이 없으면 남자친구 집에서 1박 2일을 보내고 집으로 돌아온다.

"혼자 있을 수 있지? 밥은 그릇 몇 개로 나누어놨으니 챙겨 먹어."

찡찡은 처음에는 날 혼자 두고 나가는 걸 미안해하는 듯하더니 곧 아무렇지 않게 밥만 챙겨주고 나가게 됐다. 아마 내가 혼자 있는 걸 전혀 개의치 않아 한다는 걸 느껴서일 거다. 괜찮은 정도가 아니라 오히려 혼자 있는 시간을 좋아한다는 것 정도는 찡찡도 알고 있는 것 같다. 찡찡은 내가 어떤 사람인지 아니까. 고양이가 되었으니 혹시 내가 인간이었을 때와 달리 외로움을 탈까 싶어서 살펴보다가 역시 아니라는 것을 알고 안심한 것이겠지.

나는 확실히 혼자 있는 시간이 좋다. 찡찡은 수다쟁이라 같이 있으면 가끔은 조금 시끄럽다. 내가 자리를 피해도 날 졸졸 쫓아다니면서 수다를 떤다. 난 원래 조용한 걸 좋아했던 데다 고양이가 되고 나니 소리에 더 예민해져서 찡찡의 수다를 오래 듣고 있으면 머리가 아프다. 찡찡이 집에 안 들어오는 날은 귀가 편안해서 좋다.

쉬는 기분이 든다.

연애를 할 때는 그런 점이 힘들었다. 내 시간을 남과
나눠 써야 한다는 것. 온전히 나의 것이었던 나의 시간
을 다른 사람과 공유해야 하는 것. 내 시간을 어떻게 쓸
지에 대해 다른 사람과 의논하고 때로는 허락을 받기까
지 해야 한다는 것이 나는 사실 납득 가지 않았다.

내가 그런 말을 하면 쩡쩡은 웃었다.

"네가 그래서 연애를 못 하는 거야. 그게 연애의 기본
인데 기본을 거부하잖아."

"거부하는 게 아니라 진짜 이해가 잘 안 돼서 그래.
내 시간인데 왜 허락을 받고 써야 해? 내 시간은 내 거
잖아. 그 사람의 시간은 그 사람 거고, 내 시간은 내 거.
그게 맞지 않아?"

"이론적으로는 맞는 말인데, 현실에서는 얘기가 다르
지. 연인이라는 건 특수한 관계잖아. 네가 나한테 특별
하다는 게 확실해질 때까지는 꾸준히 그 부분을 어필
해야 하는데, 그 어필의 사인 중 하나가 바로 시간 공유,
일정 공유, 연락이야. 집 비밀번호 알려주는 거랑 비슷

한 거지. '넌 특별한 사람이니까 아무 때나 들어와도 돼. 그리고 내 시간의 일부도 네 것이야.' 나의 물리적 공간과 나의 시간에 대한 권리를 그 사람에게 일정 부분 허용하고 나누어주는 거지. 네가 그만큼 특별하다는 걸 인정해주는 차원에서."

"아주 연애 박사셔."

나는 가볍게 말하기는 했지만 속으로는 진심으로 감탄했다. 찡찡이 괜히 연애를 잘하는 게 아니구나 하고. 찡찡은 소싯적에는 자주 연애 상대들을 갈아치우며 다양한 남자들을 만났고, 어느 순간 원래 자신의 이상형에 가까운 데다 여러모로 잘 맞는 사람을 만나 안정적인 연애를 하고 있다. 그런 의미에서 찡찡은 연애를 '잘' 했다.

역시 어떤 사람이 무언가를 잘할 때는 겉으로 보이는 것보다 그 안에 무시무시한 경험과 철학이 쌓여 있다는 걸 새삼 느낀 나는 그대로 대화를 끝내지 않고 질문을 던졌다. 나는 끈질긴 토론을 좋아하는 편이다.

"우선 짚고 넘어갈 게 있어. '하나'가 아니라 '셋' 아니야? 시간 공유, 일정 공유, 연락. 세 개잖아."

찡찡은 내 말을 듣고 가슴을 쳤다.

"그 세 개가 세트지! 아, 답답해. 널 진짜 어떡해야 돼?"

"날 어쩔 필요 없어. 난 내 식대로 살고, 넌 네 식대로
사는 거지. 근데 내 물리적 공간과 나의 시간에 대한 권
리를 상대방에게 허용하고 나눠줘야만 연인 관계가 지
속될 수 있는 거야? 그 부분을 허용하지 않으면 내 사
랑을 인정받을 수 없어?"

"보통은 그렇지. 네가 했던 연애들을 생각해봐."

찡찡이 명쾌한 말투로 말했다. 찡찡은 남자친구와 일
정을 공유하고, 서로 만날 날을 조율하고, 얼마만큼의
시간을 함께 보낼지, 그래서 만들어진 함께 있는 시간
을 어떻게 쓸지 정하는 일에 아주 익숙해 보였다.

반대로 나는 연애를 할 때마다 그 문제에 부딪혔다.
이런 나를 이해해주는 사람도 있어서 꽤 오래(3년 정도였
다) 연애를 한 적도 있다. 하지만 결국에는 그 문제가 도
화선이 되어서 그 사람과도 헤어지고 말았다.

그 뒤로 나는 연애를 하지 않았다. 내가 일반적인 의
미의 연애에 어울리는 사람이 아니라는 걸 깨달았다.
나와 잘 맞는 사람이 세상 어딘가에 있을 수도 있다. 실

제로 나만큼 자기 시간을 중요하게 여기는 사람들을 만나 연애를 해본 적도 있지만, 그런 경우에는 이상할 만치 서로 불이 붙지 않아 싱겁게 작별하고는 했다.

몇 번을 실패만 거듭하고 나서는 또 다른 사람을 찾을 기력이 아예 사라졌다. 하루를 다른 날처럼 살아내고, 내일 또 하루를 이어가고, 가게를 열고 닫으며 운영을 꾸역꾸역 계속해나가는 것만으로도 힘에 겨웠다.

책방 일을 하고 집에 오면 집안일들이 날 기다리고 있었다. 나는 내 생활을 돌봐야 했다. 되도록 청결하게, 규칙적으로 생활을 꾸려나가고 싶었다. 가능하면 직접 장을 보고 요리를 해서 깨끗한 음식을 먹고(가게에는 도시락을 싸 갔다), 빨래는 이틀에 한 번, 샤워도 아침저녁으로 매일 했다. 밤에는 다음 날 입을 옷을 다림질해 걸어두고 잠에 들었다.

책방과 집안일, 날 돌보는 것, 일기 쓰기.

나의 일상은 그런 것들로 이루어져 있었다. 때때로 연애가 그립기도 했고, 외로움을 느끼기도 했지만, 새로운 사람을 본격적으로 찾아 나설 엄두는 나지 않았다. 무엇보다 내 시간을 나의 것으로 온전히 쓸 수 있는 자유를 포기하고 상대방에게 내 시간에 대한 권리를 나누어줄 마음이 생기지 않았다.

"진짜 사랑하는 사람이 생기면 그 사람이 달라고 안 해도 네 시간을 기꺼이 나눠줄 수 있을걸?"

찡찡은 말했다.

"그럴 수도 있지."

그렇게 말하기는 했지만 사실 그건 아니라고 생각했다. 찡찡이 자신의 남자친구를 얼마나 사랑하는지 내가 그 마음을 알 수 있는 건 아니지만, 내가 경험한 사랑들이 진짜였는지 아닌지 역시 다른 사람이 알 수 있는 일은 아니라고 생각한다. 내 시간에 대한 권리를 내어줄 수 있느냐를 기준으로 한다면 나는 누구도 사랑한 적이 없다고 해야 할 것이다. 하지만 나는 많은 사람을 사랑했다. 그게 전부 다 사랑이 아니라고 누군가 말한다면, 그러라지. 내 사랑을 다른 사람들에게 인정받아야 할 이유는 없으니.

하지만 반대로 시간에 대한 권리를 공유해야 진짜 사

랑이라고 말하는 사람이 있다면 묻고 싶다. 그게 정말 진정한 사랑이 맞는지. 그 사랑에 구속이 포함된 것은 아닌지. 구속이 포함되어야만 진정한 사랑이라고 인정받을 수 있는 것인지. 자유로운 사랑은 사랑이라고 할 수 없는 것인지.

인간이었을 때는 그런 복잡한 생각들이 날 괴롭게 했다. 사랑을 엄두도 내지 못하도록, 포기하도록 만들었다.

그러나 고양이가 된 지금 나는 그저 순수한 사랑을 느낀다. 의무적인 행위가 빠진 사랑은 편안하다. 나는 찡찡을 사랑하고, 지나간 사람들을 추억한다. 창문 밖으로 지나간 누군가를 잠시 사랑하기도 한다.

사랑하는 마음이 내 안에 있다. 나는 조용히 나 혼자서 그것을 느낀다. 평화롭다. 나는 누군가가 내게 사랑을 증명하기를 원하지 않는다. 찡찡이 나를 쓰다듬을 때, 밥을 챙겨줄 때, 나와 눈을 맞추고 내가 괜찮은지 살필 때 나는 사랑을 느낀다.

내가 찡찡을 사랑한다는 것을 전하고 싶을 때는 그냥 찡찡에게 살며시 다가가 몸을 붙이기만 하면 된다. 잠시 그렇게 시간을 보내기만 하면 우리는 서로를 사랑한다는 걸 느낄 수 있다.

이것은 슬픈 이야기가 아니다. 나는 행복하다. 요즘만큼 사랑을 충만하게, 있는 그대로 느끼며 산 적은 없었다.

오래 연애를 했을 때도 그 사람과 나는 언제나 시간을 가지고 은밀한 전쟁을 벌였다. 연애에서 시간은 영토였다. 영토를 얼마나 오랫동안, 얼마만큼의 크기로 나눌 것인가 하는 문제 때문에 그 사람과 나는 자주 다퉜다. 다투지 않을 때도 그 문제는 우리의 관계에 은은하게 깔려 있었다. 그 사람은 다른 사람들보다 나를 훨씬 더 이해해줬고, 이해하려 노력해줬지만 결국은 한계가 왔다.

우리는 한 달에 몇 번이나 만날지, 한 번 만나면 얼마나 오랫동안 함께 시간을 보낼지에 대해 많은 대화를 나눠야 했다. 어느 날은 지친 그 사람이 제안했다. 아예 만나는 날을 정하면 어떻겠느냐고. 하지만 나는 규칙을 세우고 싶지 않았다. 내 시간을 가지고 협정을 맺고 싶지 않았다.

"너한테 시간 구걸하는 거 이제 진짜 지긋지긋해. 더는 못 하겠어."

우리가 마지막으로 다툰 날, 그 사람이 말했다. 긴 대화 끝에 폭발하듯 터져 나온 말이었다. 그 당시에 우리는 같이 사는 문제를 놓고 고민하고 있었다. 그즈음에 그 사람은 나와 함께 살고 싶어 했고, 나도 그 사람을 좋아했기 때문에 같이 사는 것도 좋을 것 같다는 생각이 들었다.

그런 이야기가 오갔던 이유는 내가 사는 곳과 그 사람이 사는 곳이 멀어서 자주 만나기가 어려웠기 때문이다. 그 사람은 파주에, 나는 서울에 살았다. 그 사람은 직장도 파주였고, 내 책방은 내가 사는 동네에 있었다. 그 사람의 집에서 우리 집까지는 두 시간이 걸렸다. 내가 그 사람에게 가려면 버스를 타고, 지하철을 타고, 또 역에서 내려서 한참을 걸어야 했다.

우리는 번갈아가며 서로가 사는 동네로 오고 갔다. 3년

동안이나 그랬다. 즐거운 날도 있었지만, 결국에는 피로해졌다. 그 사람을 덜 좋아해서가 아니었다. 오히려 그 사람을 만난 기간이 길어질수록 나는 그 사람에게 정이 들었다.

그저 물리적으로 오가는 게 피로했을 뿐이었다. 그래서 자연스럽게 그런 얘기가 나오게 된 것이었다. "차라리 같이 살까?" 그러나 그 전에 시간을 공유하는 문제를 해결해야 했다.

시간에 대한 문제만이 아니라 사는 곳을 바꾸는 것 자체가 큰일이었다. 그 사람이 직장을 옮길 수는 없었다. 하지만 나 역시 책방을 다른 곳으로 옮길 엄두가 나지 않았다. 그럼에도 불구하고 책방을 그 사람이 사는 곳 근처로 옮긴다면. 그다음에는? 그 사람이 사는 집으로 들어갈 수도 있고, 새로운 집을 구할 수도 있었다. 그렇다면 우리는 서로를 만나러 가는 데에 그리 많은 시간과 에너지를 쓸 필요가 없을 거였다.

하지만 같이 살면 나만의 공간이 없어지지 않을까? 나만의 시간은? 나는 그것이 두려웠고, 그 사람에게 솔직하게 털어놓았다. "어느 정도는 그럴 수도 있겠지. 같이 사는 건 아무래도 혼자 사는 거랑 다를 테니까. 하지만 나도 온종일 너랑 붙어 있을 생각은 없어. 각자 혼자만의 시간도 보내야지."

그 사람이 사는 집에는 침실이 하나 있었다. 침실 하나와 부엌 겸 거실 하나, 화장실이 하나 딸린 집이었다. 나에게는 내 방이 필요했다. 그러려면 우리는 새로 집을 구해야 했다. 나는 서울에서 전셋집에 살았다. 그 사람이 사는 집은 임대 아파트였다. 그 사람이 사는 동네에 나 혼자 살 집을 구할 수도 있었다. 우리에게는 여러 가지 선택지가 있었다. 한계적인 조건들 안에서 선택해야 했기 때문에 자유로운 선택은 아니었다.

하지만 어쨌든 의지만 있다면 불가능한 일은 아니었다. 내가 사는 곳을 떠나 집을 새로 구하고, 책방도 옮기고. 그 사람과 나는 지금보다 많은 시간을 함께 보내고. 그런 생각을 하다 보면 이상하게 숨이 막혔다. 그것은 나에게 행복한 상상이 아니었다. 그 사람과 많은 시간을 함께 보내는 것도 좋겠지만. 내가 원하는 것은…….

많은 퀴어 커플이 그렇듯 우리에게 동거라는 선택은

결혼과 비슷한 의미를 가졌다. 우리는 결혼을 의논하고 있었던 것이다. 그 사람은 나와 결혼하고 싶어 했고, 나도 결혼을 한다면 그 사람과 하고 싶었다. 이성애 결혼에 책임과 의무가 따르는 것처럼 퀴어 커플이 맺는 동거-파트너십에도 서로를 위해 따르는 책임과 의무가 있었다. 그것은 생활이라는 면에서만 보면 이성애 결혼의 규범과 그리 다르지 않았다.

바람을 피우지 말 것. 집안일을 공평하게 나누어 할 것. 공동의 침실. 저녁에 일을 마치고 돌아오면 같이 보내는 시간을 가질 것. 주말은 되도록 함께 보낼 것. 각자의 시간을 가지되 함께 보내는 시간은 더 많이 만들 것. 약속이 있으면 보고할 것. 집에 늦게 들어가게 되면 보고하거나 허락을 받을 것. 어떤 경우에는 누군가를 만날 때도 허락을 구할 것. 서로가 있는 위치를 되도록 공유할 것. 연락할 것. 등등.

나는 그 모든 책임과 의무를 다할 자신이 없었다. 단지 시간을 공유하는 문제가 아니라는 걸 그 사람과 함께 살 집을 알아보면서 깨달았다. 이야기는 결국 원점으로 돌아왔고, 그러다 그 사람이 폭발한 것이었다. 그 사람은 그동안 많이 참고 버텨서 더 이상은 나와의 관계를 지속할 자신이 없다고 했다. 나 역시 그 사람이 나 때문에 힘들다면 관계를 지속하지 않는 게 더 낫겠다는 생각이 들었다.

나는 그 사람을 사랑하지 않았던 걸까? 그 사람을 사랑했다면 앞으로 져야 할 책임과 의무를 기꺼이 수행했어야 하는 걸까?

고양이가 되고 나니 그런 문제들이 더 어렵게 느껴진다. 나는 그저 책임 회피형 인간이었을지도 모른다. 사랑에 따르는 의무와 책임을 피하고 싶어 하는 그런 인간. 그러나 사랑을 위해 왜 자유를 포기해야 하는지, 왜 둘 중에 하나를 선택해야 하는지 나는 아직도 잘 모르겠다. 내가 고양이가 된 것은 그래서인지도 모르겠다. 인간이면서도 인간을 이해하지 못해서. 평생 인간으로 살았으면서도 인간의 규범을 이해하지 못해서.

연애와 사랑, 사랑과 결혼, 동거와 결혼. 이 모든 것은 서로 완전히 다른 의미를 가지고 있다. 모든 것이 서로 아주 복잡하게 얽히고설켜 있다. 덩굴처럼. 법과 도덕적 규범과 감정이 모두 섞여 있는 문제다.

고양이가 되고 나니 이제 나는 아무것도 할 필요가 없어졌다. 그저 사랑을 하면 사랑을 느끼기만 하면 된다. 인간의 사랑이 아니라 고양이의 사랑이다. 사랑하는 마음은 똑같은데도 너무 많은 것이 달라졌다. 홀가분하다. 사랑이 그저 사랑이라는 것에서 나는 안도감을 느낀다. 내가 아무것도 증명할 필요 없고, 상대방에게 무언가를 요구할 필요도 없다는 것. 함께 있는 것만으로 충분하고, 떠나고 싶으면 언제든 떠나도 된다는 것 역시.

자유로운 기분이 든다.

찡찡은 일주일에 세 번 책방 문을 연다. 그게 찡찡의 타협점이었다. 책방을 대신 맡기는 맡되 마음대로 운영하겠노라고 찡찡은 나에게 선언했다. 나는 이미 고양이가 된 뒤였으므로 인간의 말로 대답할 수는 없었다. 그저 고양이의 말로 짧게 대답했다. 인간의 말로 바꾼다면 "그래"라는 뜻이었다.

　나는 찡찡과 함께 일주일에 세 번 책방에 간다. 내가 10년 동안 운영했던 책방이다. 인간이었을 때는 책방에 나가면 책장 앞에 멍하니 서서 꽂힌 책들을 바라보고는 했다. 미술관에 있는 작품이라도 바라보듯.

　나는 내 책방의 책들을 완벽히 정리하고 싶었다. 하지만 책방을 운영하면 운영할수록 무엇을 기준으로 책들을 정리해야 할지가 점점 혼란스러워졌다. 내가 혼란을 느끼는 만큼 책장도 어지러워졌다. 어느 날은 작가별로 책을 꽂았다가, 다음에는 장르별로, 그다음에는 출판사로도 분류해보고, 또 주제로도 나누어보고. 하지만 어떤 방식도 깊숙이 들어가기 시작하면 혼란스러웠다. 장르는 구분될 수 있는 것인지, 주제란 무엇인지. 한 명의 작가가 쓴 책들을 한자리에 모두 모아놓는 것이 과연 좋은 일일지.

　그런 식으로 생각하다 보면 늪에 빠진 기분이 들었다. 허우적거릴수록 더 깊이 빠져버리는 진흙탕. 책방에 손님이 없어서가 아니라, 책장의 책들을 완벽히 정리할 수 없다는, 내가 평생을 바쳐도 책을 정리하는 일이 끝나지 않을 것 같다는 막막함이 날 힘들게 했다. 그래서 그렇게 일기 쓰기에 열심이었는지도 모르겠다. 가끔은 관련이 없는 것 같은 두 가지 일이 실은 독특한 인과 관계를 이루고 있는 법이다.

어느 순간 책장을 정리하는 일은 내게 고문 같아졌다. 그렇다고 내버려두는 건 더욱더 날 괴롭게 했다. 나는 끝없이 책들을 책장에서 뺐났다가 다시 꽂아두고 바라보고 분류를 처음부터 다시 시작하고는 했다. 정기적으로 책을 새로 입고해서 책들은 점점 늘어났고, 그러면 어느 순간 분류 체계를 완전히 새롭게 다시 만들어야 한다는 걸 깨닫는 순간이 왔다. 책방의 수입은 늘 플러스마이너스 제로였고, 어느 달은 플러스였다가도 다음 달에는 마이너스가 됐다.

어느 모로 보나 별로 의미 있는 인생은 아니었던 것 같다. 나는 내 인생을 왜 그렇게 괴롭게 만들었을까? 더 행복하게 살 수도 있었을 텐데. 지금 생각해보면 내가 중요하게 여겼던 것들이 전부 헛되게 느껴진다. 책장을 정리하는 일도 그렇다. 완벽이 어딨다고. 다시 돌아간다면 그 사람을 힘들게 하지 않을 방법도 알 것 같은데. 그때는 우리 사이에 답이 없다고 생각했지만, 고양이가 된 지금은 알 것 같다. 우리는 서로를 좀 더 자유롭게 둘 수도 있었다. 고양이가 된 지금의 나처럼 해야만 하는 것들을 생각하지 않고, 사랑을 '하는' 대신 그저 서로에 대한 사랑을 '느끼기만' 할 수도, 그것으로 만족할 수도 있지 않았을까?

하지만 이 모든 것도 내가 고양이가 됐기 때문에 할 수 있는 생각들이다. 만약 지금 다시 인간으로 돌아간다면 모든 것이 다시 복잡해지기 시작할 것이다.

고양이가 되어서 다행이다.

원래는 인간의 언어를 잃어버리는 것이 두려웠지만, 이제는 그것마저 놓아버릴 수 있을 것 같다.

매일 조금씩 내 안에서 인간의 언어가 사라지고 있다.

나는 매일 조금씩 더 고양이가 되어간다.

더욱더 고양이가 되고 싶다.

완전한 고양이가 되고 싶다.

고양이 공원

동네에 고양이가 늘었다. 골목마다 고양이가 득시글거린다.

'저 고양이는 사람이었을까? 아니면 원래 고양이였던 고양이인가?'

골목에서 고양이를 마주치면 그런 생각을 하게 된다. 우리 집 고양이는 잘 지낸다. 시간이 지날수록 점점 더 고양이스러워지는 것 같기는 하다. 낮잠을 오래 잔다든지, 창밖을 질리지도 않고 하염없이 바라보고 있다든지, 막대 리본이나 작은 낚싯대 같은 고양이용 장난감에 아주 열중한다든지 등등.

하루를 마치고 집에 들어가면 그가 방에서 걸어 나온

다. 빠른 걸음으로 나올 때도 있고, 느긋하게 나올 때도 있다. 그런 모습을 보면 안심이 된다. 집에 있는 동안 내가 오기만을 기다리는 건 아니구나 싶어서다. 만약 내가 집에 들어갔을 때 그가 현관 앞에 앉아 날 기다리는 모습을 한 번이라도 봤다면 가슴 아팠을 것이다.

처음에는 그를 집에 혼자 두고 나가도 될까 진지하게 고민했다. 한동안은 약속도 잡지 않고, 가급적 집에 있으려고 했다. 그나마 내 직업이 집에서 할 수 있는 일이라서 다행이었다. 직업이라고 할 수 있을지는 모르겠지만 나는 글을 쓰는 일을 한다. 보통은 소설을 쓰고, 의뢰가 들어오면 에세이 같은 것을 쓰기도 한다.

여기까지 들으면 '그러면 아무 문제 없지 않나? 집에 붙어 있으면 되지 않나' 싶은 생각이 들지도 모르겠다. 물론 직장에 가야만 하는 사람들보다는 훨씬 낫겠지만 나는 집에서 글이 잘 써지지 않는 편이라 같이 살던 사람이 고양이가 된 것은 조금 곤란한 일이었다.

'고양이를 두고 카페에 가도 될까?'

평범한 고양이라면 몇 시간쯤 혼자 두고 외출을 해도 큰 문제는 없을 것이다. 그 고양이가 혼자 있는 것을 아주 싫어하는 편이 아니라면 말이다. 하지만 우리 집에 있는 고양이는 평범한 고양이가 아니라 원래 사람이었던 고양이다. 원래 사람이었던 고양이를 집에 두고 외출을 해도 될까? 아직 고양이가 된 게 적응이 되지도 않을 텐데 그도 혼자 있으면 불안하지 않을까? 무섭지는 않을까?

그런 생각 때문에 그가 고양이가 된 초반에는 외출을 거의 하지 않았다. 매일 집에만 있는 것도 그리 나쁘지만은 않았다. 혼자 장을 보러 가거나 잠깐 산책을 하면서 숨을 돌릴 수도 있었다. 그러다 점차 혼자 나가 있는 시간을 늘려보았다. 카페에 한 시간쯤 있다가 집에 들어가보고, 그다음에는 두 시간, 그게 익숙해진 다음에는 세 시간.

그는 괜찮아 보였다. 내가 세 시간이나 밖에 나갔다 온 날은 조금 삐진 듯한 기색으로 몸을 비볐지만, 크게 화가 난 것 같지도 않았고 별일이 일어나지도 않았다. 한동안은 그의 눈치를 보며 카페에 가서 한두 시간 정도씩 글을 쓰다 들어갔다. 세 시간은 내가 생각해도 좀 심한 것 같아서 자제했다.

특별한 약속이 있을 때는 양해를 구하고 나간다. 화장을 하고 최근에 새로 산 좋은 옷을 입는 등 멋을 부리고 나가면 약속이 있어서 나간다는 뜻이다. 그렇지 않고 매일 입는 후줄근한 맨투맨에 운동복 브랜드의 편한 바지를 입고 백팩이나 에코백을 메고 나가면 카페에 작업을 하러 나가는 것이다. 그는 이런 구분을 잘한다. 사람이었을 때도 눈치가 없는 편은 아니었는데 고양이가 되어서도 비슷한 것 같다.

그는 내가 평소보다 꾸미고 나가는 날에는 현관까지 따라와서 오래 몸을 비빈다. 약속이 있는 날에는 겸사겸사 이런저런 일까지 다 보고 오기도 해서 외출 시간이 길어진다. 반면 대충 입고 작업을 하러 나갈 때는 그도 느긋해져서 현관까지 따라오지도 않고 나를 보며 꼬리만 살랑살랑 흔든다.

요즘은 같이 작업을 하러 나가기도 한다. 고양이와 함께 갈 수 있는 카페가 늘기는 했지만, 그런 '전용 카페'에 가는 것은 아니다. 얼마 전에 동네에서 좋은 곳을 찾았다. 원래는 책방인데 카페로도 운영하고 있는 곳이다. 거기에 가면 고양이도 있고, 카운터에 있는 사장님이 항상 느긋한 모습으로 책을 읽거나 작업을 하고 있거나 해서 눈치가 보이지 않는다. 사장님과는 어쩌다 말을 터서 이런저런 이야기를 하다 친해졌다. 알고 보니 책방에 있는 고양이도 원래 사람이었다고 한다. 그 고양이는 사장님의 친한 친구였는데 자신이 고양이가 되면서 책방을 맡아달라는 메시지를 남겼다. 그러니까, 그 책방의 원래 주인은 지금 고양이로 살고 있다.

이런 사연을 알게 된 것은 내가 책방 사장님에게 먼저 같이 살던 사람이 고양이가 되었다는 이야기를 꺼냈기 때문이다. 책방에 처음 갔던 날, 카운터에 있는 음료 메뉴판을 보고 커피를 주문하면서 "여기서 마시고 가도 되는 걸까요?" 하고 물었더니 사장님은 친절하게 고개를 끄덕이며 대답해주었다. "네, 그럼요. 천천히 계시다 가세요."

나는 그 대답을 곧이듣고 책방 안에 있는 널찍한 8인용 나무 테이블의 한편에 앉아 커피를 마시며 작업을 했다. 글을 쓰다가 사장님을 슬쩍 보니 사장님도 뭔가를 작업하고 있는 것 같았다. 너무 오래 있으면 안 될 것 같아서 한 시간쯤 있다가 자리에서 짐을 챙겨 일어났고, 책방인데 커피만 마시고 가기는 민망해서 책도 한 권 골라 카운터로 가져갔다. 그때 사장님이 책을 계산해주면서 나에게 슬쩍 물었다. "혹시, 글 쓰세요?"

내가 그렇다고 했더니 사장님이 반갑다는 듯 활짝 웃었다. "그러셨구나. 더 있다가 가셔도 되는데." 나는 고개를 저으며 충분히 일했다고, 동네에 이런 공간이 있어서 좋다고 반은 인사치레로, 반은 진심으로 말했다.

"사장님도 이쪽 일 하세요?"

두루뭉술한 나의 질문에 사장님은 무척 당황해하며 자신은 번역을 한다고 대답했다. "아, 번역하시는구나." 사실은 멋지다고 말하고 싶었지만, 괜히 하는 말로 들릴까 봐 생략했다.

"원래 일을 밖에서 많이 하세요?"

사장님이 자신에게 향한 화제를 다른 쪽으로 돌리고 싶은 듯 물었다.

"네, 원래 밖을 떠돌면서 작업하는데 요즘은 사정이 생겨서 집에서 많이 했어요. 그런데 집에서는 역시 잘 안 되더라고요. 그래서 다시 이렇게 나와서 헤매고 있어요. 작업 명당을 찾아⋯⋯."

"사정이라면?"

"아, 같이 살던 친구가 고양이가 되었거든요. 지금은 그래도 이렇게 밖에 나오는데, 처음에는 친구 혼자 두고 나오는 게 걱정이 많이 되더라고요."

내 말을 듣고 사장님은 "어머" 하는 감탄사를 내뱉더니 카운터 안쪽에 있는 안락의자를 가리켰다. 나는 그제야 거기에 앉아 있는 고양이를 발견했다. 회색빛 털에 초록색 눈. 고양이라고 해도 함부로 귀여워해서는 안 될 것 같은 매서운 분위기가 풀풀 풍겼다.

"이 친구도 원래 사람이었어요."

사장님이 의자 위에 있는 회색 고양이를 눈짓으로 가리키며 말했다.

"그럼 그날 밤에……?"

"네, 그날 밤에 고양이가 되어버렸어요."

그렇게 해서 '그 집' 사정을 알게 되었다. 여차저차 이차저차. 사장님은 '내 쪽' 사정을 듣고 고양이를 책방에 데려와도 된다는 허락을 내렸다. 어차피 '그 집' 고양이 때문에 고양이도 공간을 이용할 수 있도록 법적 조치를 해놓았다는 거였다.

그날 나는 집으로 돌아가 우리 집 고양이 씨에게 책방에서 있었던 일을 이야기했다. 고양이 씨는 내 머리맡에 앉아서 내가 하는 이야기를 잠자코 들었다. 그가 내 이야기를 알아들었을지는 모르겠다. 그가 고양이가 됐던 것이 바로 올해의 첫날이었고 지금은 한 해가 두 달도 남지 않았으니 그가 그렇게 된 지도 벌써 1년이 다 되어간다. 달이 열한 번 넘어가는 동안 그는 조금씩 고양이의 몸과 고양이로서의 생활에 적응하여 이제는 제법 고양이 같은 고양이가 된 듯하다. 하지만 그가 사람이었을 때도 그랬듯이 그의 내면에서 어떤 일이 일어나고 있는지 나는 알 수 없다. 그가 인간의 말을 어느 정도로 잃었는지도 알 수 없다. 그가 인간다운 생각을 하고 있는지 아니면 고양이는 고양이 나름대로 생각하는 방식이 따로 있는지 그런 것이 나는 궁금하다.

🐾

주말에는 고양이 공원에 다녀왔다. 책방 사장님과 사장님의 친구(고양이)도 동행했다. 책방에서는 항상 의자에 웅크리고 앉아 있는 모습만 봐서 몰랐는데 덩치가 아주 큰 고양이였다. 표정은 오늘도 다른 날과 같이 무뚝뚝했다. 평소보다 약간 더 심술이 나 보이기도 했다. 외출이 싫은 걸까? 이름은 뭐라고 했더라? 사람이었을 때 이름이 무엇이었는지는 듣지 못한 것 같다. 책방 사장님은 고양이가 된 자신의 친구를 부를 때 그냥 "친구"라고 부른다. 단둘이 있을 때는 사람이었을 때의 본래 이름을 부르기도 할까? 잘 모르겠다. 내가 상관할 바는 아니다.

"사장님 친구분은 이름이……?"

나는 고양이가 된 사장님 친구분의 이름을 성함이라고 높여 불러야 할지 망설이다가 나오는 대로 말하고는 끝을 흐렸다.

"사람이었을 때 이름이요, 아니면 고양이 이름이요?"

"사람이었을 때 이름하고 고양이 이름이 따로 있어요?"

"이 친구의 고양이 이름은 '실버'예요. 근데 그건 남들한테 얘기하는 공식적인 이름이고, 저는 '콩콩'이라고 불러요."

사장님은 친구가 사람이었을 때의 이름은 말하지 않

았다. 그것을 지적하면 집요해 보일 것 같아서 나는 그저 이렇게 되물었다.

"콩콩?"

"나중에 고양이를 키우게 되면 이름을 콩콩이라고 하고 싶었거든요. 이렇게 갑자기 아무런 준비도 없이 고양이랑 살게 될 줄은 몰랐는데, 그건 이미 일어난 일이니 어쩔 수 없고 별명만이라도 제 마음대로 짓자 싶었어요."

사장님은 나를 보고 이야기하다가 시선을 자신의 친구에게 돌렸다.

"이의 없지? 이의 있어도 어쩔 수 없어."

실버 혹은 콩콩은 대답도 하지 않고 고개를 돌려버렸다. 역시 마음에 안 드는 게 아닐까? 별명만 마음에 안 드는 게 아니라 역시 외출한 것 자체가 못마땅한 것 같았다.

11월이 되면서 바람은 꽤나 쌀쌀해졌지만 햇볕은 아주 밝고 따뜻했다. 우리가 서 있는 자리는 반은 볕이 잘 들어 환했고 반은 그늘이 져 있었다. 나는 그늘 쪽에 섰고, 책방 사장님은 볕이 잘 드는 자리에 서 있었다. 나와 사장님의 거리가 멀지 않았는데도 그림자 때문에 각자 다른 영역에 서 있는 것처럼 보였다.

우리 집 고양이 씨는 오랜만에 밖으로 나와서 볕이 쬐고 싶었던 건지 내 옆에서 살짝 떨어져 책방 사장님이 서 있는 환한 쪽으로 나갔다. 실버 혹은 콩콩 씨는 멀리 시선을 던지는 듯하더니 갑자기 훌쩍 혼자서 어딘가로 달려갔다. 보통 고양이라면 걱정이 되어서 다 같이 쫓아갔을지도 모르겠다. 하지만 실버 혹은 콩콩 씨는 원래는 사람이었기 때문에 혼자 멀리 가면 위험하다는 것 정도는 알고 있을 것이었다. 게다가 고양이 공원은 사방이 펜스로 막혀 있고 천장에도 촘촘한 철조망이 설치되어 있어서 몸이 아주 유연한 고양이라 해도 빠져나갈 틈이 없을 것 같았다. 애초에 우리 동네에 있는 고양이 공원은 한때는 인간이었던 고양이들을 위해 만들어진 시설이다. 일반적인 고양이와 달리 인간이었던 고양이 중에서는 산책을 하던 습관이 남아 있는 이들이 있었다. 고양이 공원은 그런 사실이 발견된 뒤에 일종의 복지 정책으로 만들어졌다. 고양이가 산책을 할 수 있으면서 보호자도 안심할 수 있는 공간이다.

　책방 사장님은 태평하게 실버 혹은 콩콩 씨가 달리는 뒷모습을 바라보았다.

"저러다 금방 돌아와요."

책방 사장님의 말에 나는 고개를 끄덕였다.

"그런가요? 저희 집 고양이 씨는 저만 졸졸 쫓아다녀요. 특히 이렇게 밖에서는 절대 멀리 안 가요."

"외출을 종종 하세요?"

"저희 집 고양이 씨하고요? 일이 있을 때는 같이 나가죠. 병원에 갈 때나 구청이나 보건소에도 같이 가봤고요. 고양이가 출입 가능한 슈퍼마켓에 같이 가본 적도 있어요. 근데 실은 꼭 같이 가야 하는 곳이 아니면 같이 외출은 별로 안 하는 것 같아요. 외출할 때도 이동장 없이 나가본 적은 없고요. 아직은 저희 집 고양이 씨도 밖에 나가는 건 조금 무서워하는 것 같고, 저도 좀 불안하더라고요. 이렇게 고양이 공원 같은 데 같이 와본 건 처음이에요."

"저 때문에 무리하신 거 아니에요?"

"아뇨, 덕분에 이런 데도 와보고. 신기해요."

나는 오기 전에 생각했던 것보다 훨씬 넓은 고양이 공원을 눈으로 둘러보며 말했다. 고양이 공원에 가자는 제안을 한 것은 책방 사장님이었다. 금요일에 평소처럼 작업을 하러 갔다가 나온 얘기였다. 이번 주말은 일교차는 좀 있지만 낮에는 따뜻할 거라고 했다. 이번 주말이 지나면 매일 점점 더 기온이 내려가기만 할 테니 더 추워지기 전에 한번 고양이들까지 다 같이 놀러 가지 않겠느냐고 말하는 사장님의 모습은 신나 보였다. 그 얼굴을 보니 나도 덩달아 놀러 나가고 싶어져서 그러자고 했다.

"오늘 여기 오려고 나오면서는 사실 걱정도 있었거든요. 우리 집 고양이 씨가 싫어하면 어쩌지, 일단 같이 가 보고 싫어하는 것 같거나 무서워하는 것 같으면 바로 집으로 돌아가야겠다 하고 왔는데⋯⋯."

나는 그렇게 말하며 우리 집 고양이 씨를 봤다. 우리 집 고양이 씨는 아주 만족스러운 얼굴로 자신의 몸을 나의 다리에 비비고 있었다. 나는 쭈그려 앉아 우리 집 고양이 씨를 쓰다듬었다.

"마음에 드시나요?"

우리 집 고양이 씨를 향해 물으니 고양이 씨는 냐앙하고 울었다. 만족스러움이 느껴지는 목소리였다. 그가 고양이가 된 뒤로도 우리는 소통을 하고 있다. 이전에는 동물과 함께 살아본 적 없는 나는 그 사실이 신기하다. 인간의 말로 수다를 떨 수는 없지만 어떤 면에서는 그가 사람이었을 때보다 우리의 소통이 원활해진 것 같기도 하다. 우리의 소통은 여전히 복잡미묘하고 오해도 발생하곤 한다. 하지만 눈빛과 목소리, 표정, 몸짓을 모두 쓰는 우리의 소통이 나는 때때로 아주 아름답게 느껴진다. 미술관에서 아주 아름다운 작품을 봤을 때나 아주 아름다운 소설을 읽었을 때처럼 심장이 저릿저릿하고 쿡쿡 쑤시면서 왠지 슬픔 비슷한 감정이 목 끝까지 차오른다.

고양이가 된 그의 눈이 아름다워서 목이 메고, 그의 꼬리가 아름다워서, 그의 둥글고 작고 부드러운 발이 아름다워서 어쩔 줄을 모르겠는 순간이 있다. 그럴 때면 소리 내어 엉엉 울고 싶어지고 눈물이 찔끔 날 때도 있다. 다른 사람에게는 말하지 못할 마음이다. 다른 사람에게 이런 이야기를 하면 "그럼 애인이 고양이가 되어서 좋으신 거예요? 사람이었을 때보다 고양이가 된 지금이 더 좋다는 건가요?" 같은 질문이 날아올 것 같다.

그런 게 아닌데. 그냥 내가 그를 너무 사랑해서. 사람이었던 그도 너무 사랑하고, 고양이가 된 그도 너무 사랑해서 그런 건데. 사람이었던 그가 그립고, 고양이가 된 그가 너무 아름다워서, 우리의 미래가 앞으로 어떻게 될지 몰라서, 여러 마음이 너무 복잡하게 뒤섞여서 어쩔 줄을 모르겠는 순간이 있는 건데. 그런 마음을 무신경한 타인에게 말할 수는 없다. 말하다가 울어버리면 어떡하나. 타인의 마음 따위를 헤아릴 상상력이라고는 조금도 없는 사람에게 그런 이야기를 해서 무엇하겠느냐 말이다.

나는 갑자기 또 목이 메어서 그를 잠자코 쓰다듬고만 있었다. 그러다 책방 사장님을 올려다봤더니 사장님이 날 보고 웃었다.

"어? 지금 우시는 거예요? 갑자기? 왜?"

"그냥 여기 온 게 좋아서요. 둘이 같이 공원으로 데이트 나온 게 너무 오랜만이라."

나는 눈물을 닦으며 말했다. 그런데 갑자기 사장님의 입술이 비죽 나왔다. 왜인지 눈두덩이까지 붉게 물들기 시작했다. 사장님의 시선은 저 멀리 공원 안에 있는 나무 그늘 아래서 머리를 해가 난 쪽으로 쭉 내밀고 볕을 쬐고 있는 회색 고양이 쪽으로 향해 있었다.

그때 마침 바람이 불었다. 뜨거워졌던 눈가가 시원해졌다. 나는 눈을 깜빡이며 바람에 눈물을 말렸다. 나무마다 단풍은 아름답게 물들었고, 사람들과 고양이들이 저마다 좋은 시간을 보내고 있었다. 이 아름다운 가을 날에. 가을날에. 나는 머릿속에 떠오른 말을 끝맺을 말을 찾지 못하고 그와 눈을 맞췄다. 그가 나를 바라보았다. 그가 나를 바라보는 그 눈빛은 사람이었을 때와 똑같았다. 그는 나의 고양이였다. 앞으로도 나와 함께 살아갈 나의 반려.

"콩콩!"

사장님이 자신의 고양이를 부르며 달려갔다. 실버 혹은 콩콩 씨는 도망가지 않고 자신의 친구를 바라보고 있었다.

평일에는 가끔가다 한 번씩 출판사 대표라는 사람이 책방에 온다. 처음에는 일 때문에 온 사람인가 했는데 지켜보다 보니 별일 없이 그냥 놀러 오는 것 같았다. 그 사람은 책방에 오면 사장님에게는 인사를 하는 둥 마는 둥 하고 책장들 사이로 쏙 들어간다. 그러고는 산책이라도 하는 것처럼 책장들 사이를 한참이나 어슬렁거린다. 그러다가는 문득 멈춰 서서 책장에 꽂힌 책들을 가만히 본다. 그럴 때 내가 앉은 쪽에서는 그 사람의 뒤통수만 보이기는 하지만, 가끔은 너무 오래 한자리에 서 있는 것 같아서 거슬리기도 한다. 마치 미술관에서 작품 관람이라도 하고 있는 것 같은 자세다. 차라리 책을 빼서 읽으면 그런가 보다 할 텐데 그것도 아니고 책장에 꽂힌 책등들만 바라보고 있다. 한번 올 때마다 적어도 30분씩, 심할 때는 한 시간 넘게 그러고 있는 것도 봤다. 책을 빼서 볼 때는 묘하게 건성건성이다. 앞표지와 뒤표지를 한 번씩 쓱 보고 끝이다. 한 페이지도 펼쳐 보지는 않는다. 그래도 첫 페이지는 봐야 하는 거 아닌가?

이렇게 쓰고 보니 그렇다면 나는 왜 그 사람을 왜 이렇게 신경 쓰나 싶지만, 보통 책방에 앉아 있는 사람은 나와 사장님, 그리고 고양이뿐이니 한 명이 더 나타나서 몇십 분씩 책장 사이를 어슬렁거리면 눈길이 갈 수밖에 없다. 그렇게 눈길이 간 사람을 관찰하는 것은 나의 오래된 버릇이니 말이다.

그래도 그 사람은 책방 입장에서 나쁜 손님은 아니다. 보통 손님처럼 책을 펼쳐 보지도 않을뿐더러 한번 올 때마다 열 권, 스무 권씩 사 간다. '저 사람은 인터넷으로 책을 살 줄은 모르는 걸까?' 그런 생각이 들 정도다. 계산이 끝나면 등에 메고 온 배낭에 책을 꽉 채워서 나가고, 배낭이 모자랄 때는 어깨에 멘 에코백에도 책을 넣는다. 그것마저 모자라면 책방의 종이 쇼핑백도 쓴다.

그 사람은 책방에 오면 책만 많이 사 가는 것이 아니라 사장님과도 이런저런 이야기를 나누다 가는데, 한번은 사장님이 그 사람과 나를 서로에게 소개해줬다. 여기는 출판사 대표이고, 여기는 글을 쓰는 작가라는 식으로. 그 사람과 나는 어색하게 인사를 나눴다. 그걸로 우리는 안면 있는 사이가 된 셈이다.

"혹시 사랑에 대한 글도 쓰시나요?"

그 사람이 나에게 불쑥 물었다. 나는 당황했다. 방금 막 알게 된 사람이 그런 질문을 던졌으니 당황할 법도 하지 않은가. 나에게 갑자기 질문을 던진 그 사람은 왠지 초조해 보였다. 뭔가 아주 급한 나머지 처음 만난 것이나 다름없는 사람에게 그런 질문이 확 나와버린 것 같았다. 나는 그 사람의 조급한 태도가 의아하기도 하고, 왜 그런 질문을 하는지 짐작이 가지 않아서 조심스럽게 물었다.

"글이라면 어떤 글을 말씀하시는 걸까요? 소설이요, 아니면 에세이?"

그 사람은 나의 질문에 진지하게 대답했다.

"소설이면 더 좋지만, 에세이도 괜찮아요. 쓰고 계신 게 있나요?"

그렇게 묻는 그 사람은 절박해 보이기까지 했다. 가볍게 묻는 건 아닌 것 같아서 나도 덩달아 신중하게 말하게 됐다.

"글쎄요. 정통 로맨스소설을 말하시는 거라면 그런 건 안 쓰지만, 저는 모든 이야기가 사실은 사랑에 기반한다고 생각하거든요."

"오, 그건 어떤 뜻일까요? 좀 더 자세히 말해주실 수 있어요?"

그 사람은 내 대답에 반색하며 눈을 빛냈다. 나는 그 사람과 갑자기 엉뚱한 대화를 나누게 된 게 싫지 않았다. 나는 책에 대해 이야기 나누는 것을 좋아한다. 1인 출판사를 운영한다는 그가 어떤 사람인지 궁금하기도 했다. 그는 확실히 약간 이상한 사람 같기는 했지만, 좋은 방향으로 미친 사람 같았다. 나는 종종 업계에서 책에 미친 사람들을 본다. 실은 이 업계에 있는 사람이 대부분 그렇다. 미치지 않고서야 왜 이 업계가 어떤 곳인지 알고서도 발을 빼지 않고 있겠는가. 미친 사람은 미친 사람과 이야기할 때 대화가 가장 잘 통하는 법이다.

우리가 본격적으로 대화를 나눌 낌새가 보이자 책방 사장님은 앉아서 이야기하라며 의자를 권했다. 그래서 우리는(나와 그 사람과 책방 사장님까지 셋이서) 커다란 나무 테이블에 앉아 이야기를 시작했다.

"음, 그러니까, 혼자 하던 생각이라 어떻게 말해야 할지 잘 모르겠는데요."

내가 뜸을 들이자 출판사 대표라는 그 사람은 "천천히 하세요. 천천히" 하고 말하면서도 귀를 내 쪽으로 향했다.

"이야기라는 게 세상에 대해 아무 관심이 없으면 애초에 안 지어내지 않나요? 세상을 이해하고 싶고 궁금

222

하고 하니까 이야기라는 걸 만드는 거 아니에요? 그리고 다른 사람들한테도 들려주고 싶으니까 혼자 방에 감춰놓는 게 아니라 세상에 꺼내서 보여주고요."

"그런 관점도 있을 수 있을 것 같긴 한데요, 그게 사랑하고 어떻게 관련이 되죠?"

출판사 대표가 물었다.

"글쎄요. 저는 그게 사랑인 것 같아요."

"어떤 것이요?"

"이해하고 싶어 하고, 궁금해하고 그런 거요."

내가 그렇게 말하자 책방 사장님이 반론을 꺼냈다.

"그런데 너무 싫어서 궁금할 때가 더 많지 않아요? 저 사람은 대체 왜 그러지? 세상은 왜 이러지 하고요."

나는 그 말을 듣고 웃었다.

"그렇기도 한데요. 저는 이야기라는 게, 그러니까 잘 만든 이야기를 볼 때 그걸 아름답다고 느끼거든요. 뭐라고 해야 할까요? 말로 하려니 잘 설명이 안 되는데……. 세상이 이해 불가한 것 같고 혐오로 가득 차 있는 것 같지만 적어도 이렇게 아름다운 이야기가 하나 있다. 이렇게 아름다운 이야기를 마음에 품은 사람이 적어도 세상에 한 명은 있다. 사람의 영혼에는 아름다운 부분이 있다. 그런 생각을 하게 된다고 할까요?"

"이야기 속 세상은 실제로 존재하지 않지만 아름다운 이야기를 품은 영혼은 있다, 그런 걸까요?"

출판사 대표가 정신없는 내 말을 한 문장으로 정리하고는 확인하듯 물었다.

"네, 물론 인간은, 인류라는 건 정말 어리석고 나쁜 짓도 많이 했고 지금도 엄청나게 그런 짓들을 매일매일 많이 하고 반복하고 있지만 그게 전부는 아니라는 거. 그런 걸 확인하는 것 같아요. 좋은 이야기를 만날 때마다요."

"이야기를 사랑하시는군요."

출판사 대표가 말했다.

"인간을 사랑하는 것 같은데요."

책방 사장님이 말했다.

"세상을 사랑하죠."

내가 말했다.

올해가 갑자기 끝나가고 있다. 아마 갑자기인 것만은 아닐 것이다. 분명 매일 변덕스럽게 날씨가 바뀌는 봄도 왔다가, 더운 여름도 왔다가, 나무 잎사귀가 울긋불긋해지는 가을도 왔다가 갔다. 그러다가 문득 추워지기 시작하더니 올해의 마지막 날이 코앞으로 다가왔다. 오늘이 12월 15일이니 보름 정도밖에는 안 남은 셈이다.

물론 올해가 끝난다고 해서 이 세상이 끝나는 것은 아니다. 올해가 끝나자마자 새해라는 것이 찾아온다. 달력의 날짜가 12월 31일에서 1월 1일로 바뀌는 것뿐이다. 하지만 올해는 좀 특이한 해였다. 특별한 해라고는 할 수 없다. '특별'이라는 말은 긍정의 의미에 가까운데, 많은 사람이 고양이로 변한 일이 절대적으로 좋은 일이라고는 볼 수 없는 것 같다.

통계는 지금도 확실히 나온 게 아니라서 조사를 계속하고 있는 듯하다. 최근에 본 기사에 따르면 5퍼센트보다도 더 많은 전 세계 사람이 고양이가 됐을 수도 있다고 한다. "고양이가 되기로 선택한 이유"라는 제목의 특집 기사도 봤는데, 재밌지만 아리송한 글이었다. 어쨌든 그건 글을 쓴 사람을 비롯해 고양이가 되지 않은 사람들의 추측이 뒤섞인 것이기 때문이다.

고양이로 변한 사람 중에는 평소 우울증을 앓고 있던 사람이 많았다는 이야기도 그 기사에 언급되었다. 그럴 수도 있겠다 싶었다. 죽는 것보다 고양이가 되는 쪽이 덜 무서웠을지도 모르겠다. 혹은 딱히 우울증은 아니지만 인간 혐오 성향이 강한 사람 중에 고양이가 된 사례들도 있고(주변 사람들이 증언했다), 평소 모험이나 새로운 것을 추구했던 사람 중에서도 고양이의 삶을 선택한 이들이 있는 듯하다. 사람으로서 누릴 수 있는 재미는 거의 다 봤으니, 이제는 고양이로 한번 살아볼까 싶었던 것이 아닐지.

고양이와 함께 살던 반려인 중에서 고양이가 된 사례는 생각보다 적었다. 원래 같이 살던 고양이를 돌봐야 한다는 책임감 때문이다. 자신마저 고양이가 되면 집사 노릇을 할 인간이 없어지니 말이다. 모든 고양이에게 집사가 필수적이지는 않겠지만, 집사가 있다가 없으면 불편한 일이 많지 않겠는가. 하여튼 고양이를 사랑하는 사람들이 자신도 고양이가 되고 싶었지만 같이 사는 고양이님 때문에 그러지 못했다고 슬퍼하는 글을 써서 올린 걸 SNS나 온라인 커뮤니티 같은 곳에서 꽤 많이 봤다.

그렇다면 나는 어떤가? 남은 생을 고양이로 살 수도 있었는데 그러지 못한 것이 아쉬운가? 가끔 자문해본다. 그렇지는 않은 것 같다. 고양이가 확실히 육체적인 면에서나 정신적인 면에서나 인간보다 낫다고 생각한다. 나은 정도가 아니라 훨씬 훌륭하다. 인간은 높은 곳에서 우아하게 착지하는 법도 모르고, 아름다운 꼬리도 없다. 정신적인 면에서도 그렇다. 인간이 모두 고양이만큼만 인격을 갖췄다면 세상은 지금보다 평화로웠을 것이다.

하지만 세계 곳곳의 인간들이 갑자기 고양이가 되어버린 이 세상은 그다지 평화롭지 않다. 인간 중 많은 수가 갑자기 고양이가 되고, 그중 또 많은 이가 길에서 살게 되면서 골목에서는 고양이들 간의 암투가 늘었다. 그리고 전에는 본 적 없던 아주 끔찍한 모습을 때때로 보게 됐다. 사람이었다가 고양이가 된 이들 중에는 거리에서의 삶을 선택했다가 잘 적응하지 못해서 굶어 죽거나, 크게 다쳤다가 회복하지 못하는 경우도 많다. 아무래도 처음부터 길에서 태어나 거친 삶을 살아온 고양이들과의 경쟁에서 이기기가 어려웠을 거다. 아무리 절망적인 삶을 살아온 인간이라도 길에서 태어나 살아남은 고양이와 비교하면 인생의 난이도 자체가 달랐을 테니 말이다.

안타까운 일이지만, 인간이었던 고양이들이 패거리로 몰려다니며 원래부터 고양이인 무리와 싸우는 일도 있다. 인간이었다가 고양이가 되어 길에서 살게 되니 문득 자신이 너무 나약함을 깨닫고 이러다 죽겠다 싶어 비슷한 처지끼리 뭉치는 것이다. 지금은 좀 줄었지만 올해 봄에는 곳곳에서 그런 싸움이 벌어져 연일 뉴스거리가 됐다.

반면 고양이의 삶에 척척 적응해서 멋지게 살아가는 사람들도 있다. 그런 이들은 너무 고양이다워져서 겉으로 보기에는 진짜 고양이와 구분하기 어려울 정도가 됐다. 보통은 친구나 가족이었던 사람이 고양이를 종종 챙겨주며 그들의 이야기를 글로 올린 것을 읽고 나도 고양이의 삶에 잘 적응한 사람이 있다는 것을 알게 되었다.

고양이의 삶에 잘 적응한 사람들 중에는 아예 산속 같은 곳으로 들어가서 돌아오지 않는 경우도 많은데, 인간이었을 때 친밀했던 사람을 가끔 찾아오기도 한다고 한다. 정기적으로 방문하는 이들은 밥을 먹고 가거나 아예 집에서 자고 가는 경우도 있단다. 이제는 날이 추워져서 방에 고양이의 이부자리를 준비해놓고 기다리는 사람들도 있다. '겨울이라도 따뜻한 집에서 지내고, 나가고 싶으면 봄에 나가렴' 하는 마음이라고 한다.

올해 초에는 세상 사람들이 대거 고양이가 된 사건으로 매일 뉴스가 도배됐지만, 여름이 지나고 가을이 지나면서 차츰 고양이와 관련된 뉴스는 다른 뉴스들과 나란해지거나 더 구석으로 밀렸다. 테러, 전쟁, 살인, 선거, 인간 대 인간 간의 별별 싸움과 협박과 경고와 암투 등등이 매일같이 일어나니 각종 신문이나 언론사도 고양이만 다루고 있을 수는 없었을 것이다.

한동안은 고양이 관련 뉴스를 실컷 보는 것이 낙이었는데 그런 낙이 점점 줄어든다. 하지만 내가 생각해도 고양이 관련 뉴스는 이제 크게 중요한 것은 아닌 것 같다. 처음에는 역사적으로 유례가 없는 정말 큰일이 터졌다고 생각했는데.

그렇지만 그 뒤에 이 세상에 어떤 일들이 일어났고, 일어나고 있는가를 생각하면 정신이 아득해진다. 세상 사람 중 5퍼센트가 고양이가 된 것보다도 더 말이 안 된다고 느껴지는 일이 나에게는 많다. 트럼프의 재선이라든지, 러시아가 전쟁을 포기하지 않으려 든다든지, 거리에서 집단 린치가 벌어졌다든지 등등. 매일 인터넷 포털 사이트의 뉴스 면에 새로 올라오는 일들이 하도 대단하게 말이 안 돼서 나는 요즘 혼란스럽다. 이런 세상이니 고양이에 대한 뉴스만 주구장창 올리고 읽을 수는 없는 노릇이다.

게다가 나도 큰일이다. 뉴스를 보고 혼란에 빠져 있다가도 문득 그런 생각이 든다. 세상은 세상이고, 나는 어쩌지? 정신 차리자. 지금 세상이 문제가 아니다. 바로 나. 나 자신이 가장 큰일이다.

올해는 그럭저럭 버텼지만, 내년은 어쩐다? 올해 초만 해도 나는 그리 조급하지 않았다. 지난겨울까지는 확실히 여유가 있었다. 내가 그토록 기다리고 찾아 헤매는 원고가 언젠가 내 손에 들어올 것이라고 믿었다. 실은 그런 원고가 바람에 낙엽이 굴러오듯 알아서 내게로 올 줄 알았다. 그러면 나는 그 원고를 책으로 만들 것이고, 책을 만든 다음에는 홍보를 하고, 그러다 또 다른 원고가 굴러들어 오고, 나는 또 그것을 책으로 만들고, 팔고……. 그렇게 생각했다. 지금 돌아보면 그때의 내가 참으로 나이브했구나 싶다.

'나이브(naive)'는 불어에서 나온 말로 요즘 사람들 사이에서는 '지나치게 순수한 나머지 세상 물정을 모르는' 정도의 뜻으로 쓰이거나, '무언가에 대해 충분히 고려하지 않고 너무 느긋하게 생각함'이라는 뜻으로도 쓰이는 것 같다. 두 가지는 비슷하지만 미묘하게 다르다. 그리고

올해 초의 나는 그 두 가지 중 어떤 의미로든 '나이브'
했다. 한 대 꽉,까지는 아니고 콩 하고 살짝 때려주고 싶
을 정도다. "정신 차려!"라는 말과 함께. 네가 기다리는
원고는 절대 그렇게 쉽게 알아서 굴러들어 오지 않는다
고, 이 나이브한 인간아!

그러나 이런 생각을 한다고 해서 지금의 나에게 어떤
새로운 대책이 있는 것은 아니다. 올해 말의 나 역시 대
책이 없다. 출판사 대표가 되는 것은 전혀 어렵지 않다.
사무실을 하나 구한 다음 간단한 절차를 거쳐 출판사
등록을 하고, 대표를 적는 칸에 자신의 이름을 넣으면
된다. 그러면 누구나 출판사 대표가 될 수 있다.

문제는 그다음이다. 하지만 출간할 원고만 있다면 그
렇게 복잡한 문제는 아니다. 원고 본문을 마우스로 긁
어서 인디자인 프로그램 등에 앉히고, 표지를 만든 다
음, 파일 몇 개를 인쇄소에 보내면 며칠 만에 책이 나온
다(물론 디자인에 얼마나 공을 들이느냐에 따라 이 일은 매우
복잡하고 어려운 과정이 될 수도 있다). 책이 가득 담긴 박스
들을 어떻게 처리할 것인가는 그다음 문제다. 책을 만드
는 일과 책을 파는 일은 서로 연결되어 있으면서도 엄밀

히 다른 분야다.

나는 출판사 대표지만, 아직 책을 한 권도 출판하지 못했다. 심지어는 책으로 만들 원고도 찾지 못했다. (게다가 출판사 이름을 짓지 못해서 아직 출판사 등록조차 하지 못했다!) 출판사 SNS 계정의 팔로워 수는 현재 286명이다. 몇 달째 한두 명씩 줄었다가 늘었다 할 뿐 의미 있는 변화가 있을 조짐은 보이지 않는다. 투고를 열어놓기는 했지만 그마저도 신통찮다. 올해 들어온 투고 원고는 아홉 편이다. 보낸 사람은 일곱 명. 그 일곱 명 중에서 소설 두 편을 보낸 사람이 두 명 있었다.

안타깝게도 일곱 사람이 보내준 아홉 편의 원고 중에 내가 출판하고 싶은 작품은 없었다. 대부분은 에세이와 소설의 차이를 잘 모르는 것 같았다. 자신의 연애 경험에 만들어낸 이야기를 조잡하게 섞어놓은 글이 절반이 넘었다. 아니면 만든 이야기인 것은 확실하지만 그 이야기가 너무 엉성하거나 상투적이었다.

나는 원고를 보내준 사람들에게 정중한 거절의 메일을 보냈다. 특별히 반려 사유는 적지 않았다. 모두에게 똑같이 '저희 출판사가 찾는 작품은 아닌 것 같습니다'

라고 말했다. '저희' 출판사라니. 출판사에 나 말고 누가 있다고. 하지만 나는 '저희'가 '저'보다 안전한 말처럼 느껴진다. '제가 찾는 작품은 아닌 것 같습니다'라고 하면 마치 내가 개인적으로 그 작품을 거절한 것 같은 뉘앙스지만(이게 사실이긴 하나), '저희'라는 말을 쓰면 왠지 여러 명이 정해진 기준에 따라 충분한 논의를 거쳐 거절한 느낌이 든다.

나는 그런 메일을 보내면서 그중 누군가가 "그러면 찾는 작품이라는 게 대체 어떤 건가요?", "반려 사유가 뭔가요?"라고 묻는 답장을 보낼까 봐 두려워하면서 미리 상대방이 듣기에 합당하게 느껴질 만한 이유를 생각해두려 했다. 스스로에게 묻고 싶기도 했다. "네가 찾는 원고가 대체 어떤 건데?"

물론 나는 훌륭한 원고를 찾았다. 사랑에 대해 쓰면서도 상투적이지는 않은. 시시껄렁한 연애 이야기도 좋지만, 그것만으로 끝나지는 않는, 사랑의 본질이나 핵심을 담아낸 이야기. 현실 속에서 인간이 경험하는 사랑을 보여주면서도 완전히 만들어진 이야기. 에세이 같은 문장으로 쓰여 있어서 마치 그것을 쓴 사람이 그 이야기를 진짜로 경험한 것 같지만 사실은 모두 지어낸 이야기인 소설. 그럼에도 불구하고 진실된 사랑이 핵심에 있는 아름다운 이야기.

'네가 찾는 그런 이야기가 세상에 있기는 해?'

투고 메일을 보내온 사람들에게 출판을 할 수 없겠다는 거절 메일을 보내고 나면 그런 질문이 내 앞에 크게 떠올랐다. 있기는 있다. 없지는 않다. 그런 이야기들은 대형 출판사에서 출간되고, 커다란 상을 받으며, 엄청나게 많이 팔린다. 애초에 그런 이야기를 쓸 수 있는 작가가 나 같은 바보가 운영하는 1인 출판사에 자신의 소중한 원고를 보낼 리는 없다. 그런 원고가 있다면 대형 출판사의 공모에 붙어서 거액의 상금을 받을 수도 있는데 왜 나에게 메일을 보내 책을 내달라고 하겠는가.

나에게 메일을 보낸 사람들은 나만큼 대책 없는 사람들이었다. 특히 두 편을 보낸 두 명은 정말 그랬다. 게다가 두 명 중 한 명은 원고지로 1,000매가량 되는 분량의 장편소설을 보냈다. 그 원고는 오래 산 사람이 자신의 인생 이야기를 조금씩 가공해서 쓴 게 분명했다. 이름을 바꾸거나, 기억나지 않는 부분을 지어내거나 하는 식으로 말이다. 하지만 그 사람의 인생 이야기는 흥미롭지 않았다. 그 사람의 인생이 흥미롭지 않아서가 아니라 그 이야기를 이룬 문장들이 매력적이지 않아서였다. 차라리 그가 에세이를 썼다면 글이 훨씬 좋아졌을지도 모른다. 하지만 나는 에세이를 찾는 게 아니라 소설을 찾았다. 내가 원하는 것은 이야기였다.

앞서 말한 대로, 나는 올해가 보름밖에 남지 않은 지금도 아무런 대책이 없다. 전날 밤에는 대출을 받아서 상금을 걸고 공모전을 열어볼까 싶기도 했다. 하지만 나에게 돈을 빌려줄 은행은 없을 것이다. 금리가 엄청난 대부 업체가 아니고서야 담보도 없고 직업도 없는 나에게 돈을 빌려줄 리가 없다. 그렇다. 나는 올해 말이 되어서야 깨달았다. 나는 백수였다. 출판사 대표라는 것은 나의 직업이 아니다. 그걸로 들어오는 수입이 한 푼도 없으니 말이다. 저축도 이제 거의 바닥이 나서 나는 요즘 일자리를 찾아보고 있다. 호텔 청소, 식당, 카페 등등. 하지만 어떤 일도 잘할 자신이 없다. 청소는 젬병이고, 식당과 카페 일은 아주 예전에 시도해본 적이 있기는 하지만 매번 한 달이나 두 달 만에 잘리거나 그만두었다. 나는 망한 걸까? 내년이면 서른일곱이다. 스물일곱이 아니라 서른일곱. 스물일곱이라면 대책이 없는 게 오히려 당연하지만, 서른일곱은 다르다. 서른일곱이라면 대책이 있어야 한다. 하지만 나에게는 아무 대책이 없다. 그저 매일 작은 사무실에 앉아 원고를 기다리거나 외근이라는 이름으로 바깥으로 나가 서점을 떠돌아다닐 뿐이다. 차라리 내가 소설을 써볼까 싶기도 하지만 나는 소설을 어떻게 쓰는지 모른다. 소설 수업이라도 들어볼까? 나는 요즘 그런 생각을 하고 있다.

이렇게 생각이 많아질 때는 밖으로 나간다. 집이나 사무실에 가만히 앉아 있어봤자 시간도 안 가고 점점 어두운 생각에 빠져들기만 한다.

나는 동네에 있는 그 책방으로 향했다. 갈 곳이 마땅히 생각나지 않을 때는 그곳에 가게 된다. 고양이가 된 '전' 책방 주인과 고양이가 된 친구 때문에 울며 겨자 먹기로 책방 주인이 된 사람이 있는 곳. 그 책방에는 왠지 항상 따뜻한 분위기가 감돈다. 서가는 여전히 엉망진창이다.

"서가가 그대로네요. 바꾸고 싶지는 않으세요?"

지금 책방을 맡고 있는 사장님에게 물어본 적이 있다.

"어떻게 해야 할지 잘 모르겠어서요. 원래 제 책방이 아니기도 하고, 지금도 딱히 제 책방처럼 느껴지지도 않고. 당분간은 그대로 두려고요."

그가 그렇게 말했던 게 올해 초여름이었는데 그 책방의 서가는 지금까지도 아무것도 변한 게 없다. 아마 그가 말한 '당분간'이란 '영원히'일지도 모른다.

언젠가부터 그 책방에는 멤버가 한 명 늘었다. 아예 책방으로 출퇴근을 한다고 한다. 지금 책방을 맡고 있는 사장님도 번역 일을 해서 혼자 있는 것보다는 동료가 있는 것이 낫다나. 이 세상에는 혼자 있는 것을 별로 좋아하지 않는 사람도 있는 모양이다. 아마 그저 혼자 있기 싫어서가 아니라 마음이 맞으니 함께 있는 것이겠지만 말이다.

책방 주인의 동료가 된 사람은 소설을 쓴다. 처음 그

사실을 알았을 때는 너무 반가운 나머지 덥석 사랑에 대한 글은 안 쓰시냐고 물어버렸다. 올해 나는 점점 절박해져서 여름이 지난 뒤로는 그야말로 사랑에 대해 쓴 글을 간절히 찾아 헤매고 있었다. 투고 원고는 영 들어오지 않고, 가끔 들어오는 원고는 도저히 책으로 내볼 생각이 들지 않았는데, 동네 책방에서 문득 소설가를 만나다니. 나도 모르게 순간적으로 희망을 품게 됐다.

그 사람은 '정통 로맨스소설은 쓰지 않지만, 모든 이야기에는 사랑이 담겨 있다'고 했다. 나는 그 말이 완전히 이해가 가지는 않았지만 그래도 그 사람이 마음에 들었다. 이 사람이라면 내가 기다리던 소설을 써줄지도 모른다는 생각이 들었다. 원래 절박한 사람은 지푸라기라도 잡으려 한다. 그 사람은 내게 당장 눈앞에 보이는 유일한 지푸라기였다. 그래서 최근에 나는 얼마 남지 않은 내 저축의 4분의 1 정도 되는 돈을 그에게 주고 계약을 했다. 그래봤자 겨우 50만 원이었다. 그는 나의 딱한 사정을 듣고 우선은 그만큼만 받고 소설의 초고를 써주기로 했다. 대신 분량은 자유. 어떤 이야기를 쓰든 자유다.

책방에 가면 그를 재촉하는 것 같기도 하고 괜히 작업을 방해할까 봐 자주 가지는 않으려고 한다. 가끔 갈 때도 서가로 쏙 들어가 책만 골라 나와서 계산을 하고 사장님과 얘기를 잠깐 나누다 나온다. 지금은 고양이가 되어버린 책방 주인이 정리해놓은 서가는 왠지 보면 볼수록 재미가 있다. 처음은 엉망진창 카오스 같았는데 계속 보다 보니 묘한 질서가 보인다. 이 책 옆에 왜 이 책을 놓았는지, 이 책 옆에는 왜 저 책이 있는지 이해가 되기 시작했다. 그 서가는 마치 한 사람을 이루고 있는 복잡한 요소들 같다. 그 사람이 걸어온 길, 그 사람의 머릿속, 그 사람의 영혼이 어렴풋이 보인다. 그 서가를 이해하게 될수록 나는 그 서가를 만든 원래 주인이 좋아진다. 그가 이제는 책방 주인이 아니라는 게 안타깝다. 하지만 그는 지금도 매일 책방에 나와 앉아 있다. 커다란 회색 고양이가 되어. 책방 주인이라는 멍에를 벗어던졌지만 여전히 책방에 있는 그는 만족스러워 보인다.

그 책방에는 원래 책방 주인이었던 회색 고양이와 자신의 친구 때문에 어쩔 수 없이 책방 주인을 맡은 번역가(그는 빨간 카디건을 자주 입고 코코아를 좋아한다)와, 계약금 50만 원을 받고 사랑에 대한 글을 써주고 있는 그다지 유명하지 않은 소설가와 그 소설가와 함께 사는 노란 고양이가 거의 매일 나와 앉아 있다. 책을 한 번도 출판하지 못한 출판사의 대표인 나는 종종 그곳에 들른다. 그곳에서는 이상하게 희미한 희망을 품게 된다. 어쩌면 이곳에서 내가 기다리던 이야기를 만나게 될지도 모른다는. 사랑 그 비슷한 것, 아니 비슷한 것이 아니라 사랑 그 자체를 보게 될지도 모른다는. 세상에 존재하는 사랑이 고스란히 담긴 어떤 이야기가 이곳에서 탄생하게 될지도 모른다는 그런 희망 말이다.

이름 없는 출판사에 드리는 글

안녕하세요. 책방에서는 자주 뵈었는데, 이렇게는 처음 인사드리네요. '사랑'을 주제로 청탁주셨던 원고가 얼추 마무리되어 메일 드립니다. 언젠가는 사랑에 대한 소설을 쓰고 싶다는 생각을 오랫동안 막연히 품고 있었는데 덕분에 작업을 할 수 있게 되어 감사한 마음이에요. 여러모로 구상해보았지만 재작년에 사람들이 고양이가 된 일이 너무 충격적이기도 했고, 저와 같이 살던 사람도 고양이가 되어버려서 다른 걸 쓰기가 어렵더라고요. 이보다는 좀 더 소설 같은 이야기를 생각하셨을 수

도 있을 텐데 에세이에 가까운 원고도 있어서 당황스럽
지는 않으실지 걱정도 됩니다. 〈고양이와 나〉와 〈고양이
공원〉은 특히 제 이야기가 많이 들어갔지요. 생각해보
니 고양이 공원에 같이 갔어도 좋을 것 같아요. 그때는
왜 미처 생각을 못 했는지 모르겠네요. 이제 날씨가 꽤
따뜻해졌으니 괜찮으시면 다음에 한번 같이 가요. 책방
에서도 자주 마주치는 것치고는 서로 얘기를 나눈 적이
별로 없지만, 저는 왠지 친밀감이 느껴집니다. 어느새
책방 멤버가 생긴 느낌이에요. (현)책방 사장님, (전)책방
사장님, 저와 저의 반려와 대표님까지 다섯이요.

〈이름 없는 출판사〉와 〈에필로그〉는 마음에 드실지
모르겠어요. 대표님을 화자로 한 이야기도 한번 써보고
싶다고 말씀드렸을 때 흔쾌히 허락해주셨죠. 저도 인터
뷰를 바탕으로 한 소설은 처음 쓰는 거라서 서툰 부분
이 있을 수도 있을 것 같습니다. 마음에 들지 않는 부분
이 있으시면 편하게 말씀해주세요. 사실 인터뷰를 제안
드리기는 했지만, 그렇게 깊은 이야기를 해주실 줄은 몰
랐어요. 읽어보면 아시겠지만 두 편 모두 제가 새로 더
한 부분은 거의 없고, 대부분 해주신 이야기를 정리한

것에 가깝습니다. 인터뷰 때는 티 내지 않았지만, 들으면서 꼭 제 이야기 같아 속으로는 울컥한 순간도 있었어요. 저도 책방에 가지 않을 때는 보통 혼자서 글을 쓰거든요. 책방에 자주 드나들기 전에는 정말 매일 혼자서 글을 썼지요. 얼마 전에 손가락으로 세어보니 소설가로 생활한 지가 벌써 10년이 넘었더라고요. 저는 데뷔한 이후로 지금까지 줄곧 청탁이 별로 없던 작가라 그냥 혼자서 쓰고 싶은 글을 쓸 때가 많았던 것 같아요. 아무도 기다리지 않는 글을 매일 조금씩 써서 모아 한 편을 완성하고, 또 그다음 이야기를 시작하고. 누군가가 보기에는 외로운 일처럼 보일지도 모르겠지만, 저에게는 충만하고 행복한 시간이었습니다. 그러나 가끔은 아득해지기도 했어요. 이 글이 세상에 나올 수 있을까? 아무도 기다리지 않는 글을 매일매일, 몇 년씩 쓰는 일이 과연 의미 있는 것일까, 하고요. 저는 책이 나와도 그리 큰 반응을 얻지는 못하는 작가였지요. 그래도 1년, 2년, 3년간 써서 묶은 책을 강에 흘려보내듯 세상에 내보내고 나면 잘 읽었다고 인사해주는 사람들이 있어서 천천히 여행하듯 지금까지 올 수 있었던 것 같아요. 이번에는 원고를 기다려주신 대표님도 있고, (현)책방 사장님도 응원을 많이 해주셔서 외롭기보다는 다정한 마음으로 글을 쓸 수 있었습니다.

전에 대표님과 처음으로 책방에서 대화를 나누었을 때 제가 세상을 사랑한다고 말한 적이 있었죠. 원고를 읽어보시면 기억이 나실 수도 있겠어요. 초면에 어떻게 그런 말을 했는지. 왠지 저는 처음부터 대표님이 편했던 것 같네요. 인사를 제대로 나누기도 전에 불쑥 사랑에 대한 소설도 쓰냐고 저에게 물어보셔서 그랬던 건지……. 조금 당황하기는 했지만 싫지는 않았어요. 오히려 덕분에 더 빨리 마음이 열렸던 것 같기도 합니다. 그날 말씀드렸던 것처럼 정통 로맨스소설 같은 것을 쓰지는 못했어요. 이 원고는 어쩌면 지금까지 제가 썼던 모든 책들이 그랬듯이 세상을 짝사랑하는 저의 마음이 담긴 글입니다. 저는 항상 한없이 서투르기만 해서 세상과 제대로 이어지고 소통해본 적이 없는 것 같아요. 그냥 혼자서 사랑하는 마음을 품고 한 발짝 떨어져서 세상과 사람들을 바라봤습니다. 세상은 이 원고를 쓰는 동안에도 그랬고, 오늘도 무척 복잡하고 소란하며 마음

아픈 일들도 많습니다. 그런데도 고개를 돌려보면 창밖은 왜 이렇게 평화롭고, 햇볕으로 밝은 거리는 또 왜 이렇게 눈부시게 아름다울까요. 저는 오늘 책방에 가지 않고 혼자 카페에 와서 작가의 말을 쓰고 있어요. 이 카페 안의 사람들도 저마다 복잡한 인생을 살고 있겠지만, 겉으로 보기에는 모두가 무탈해 보입니다. 이럴 때면 멀리, 너무 멀리 가지 않고, 얼굴이 보일 만큼은 가깝지만 또 너무 가깝지는 않은 적당한 거리에서 사람들을 줄곧 바라보고 싶다는 생각이 들어요. 멀리서 보면 끔찍한 일투성이인데, 왜 사람들은 모두 이렇게 아름다워 보일까 그런 의문을 품고서요.

오늘은 길에서 고양이 한 마리를 보았습니다. 같이 살던 사람이 고양이가 된 후로 저는 예전보다 길에서 마주치는 고양이들을 쉽게 지나치지 못하게 되었어요. 발길을 옮기더라도 마음이 남습니다. 고양이나 사람이나 모두 행복해지면 좋을 텐데. 세상에 조금도 도움이 안 되는 너무 쉬운 마음이라는 걸 알면서도 길에 사는 고양이를 볼 때마다 그런 생각이 들고 맙니다.

쓸데없는 이야기를 너무 길게 한 것 같아요. 〈유진군〉

은 전에 한 번 말씀드리기도 했지만, 친구에게 들은 이야기를 모티브로 썼습니다. 소설에 등장하는 사람 중 누가 제 친구인지는 비밀입니다. 등장인물들을 거의 새로 만들기는 했어요. 친구에게 보여주었는데 이 정도면 누가 읽어도 걸릴 사람은 없겠다고 확인해주었습니다. 몇 가지는 진짜 있었던 일이기는 한데, 모티브가 된 사람들에게는 모두 허락을 받았어요. 음…… 이건 대표님만 알고 계시라고 말씀드리는 것인데 소설에 나오는 '진저' 님과 주인공은 실존 인물로 실제로 그 뒤로 사귀고 있답니다. 쓰기 전에 미리 허락을 받기도 했고, 완성한 원고도 보여주었어요. 혹시 불쾌해하지는 않을까 걱정했지만, 둘 다 생각보다 아주 좋아해주어서 마음이 놓였습니다.

〈고양이가 된 나의 입장〉이 가장 문제이긴 한데, 이 원고는 대표님이 읽어보신 후에 한번 같이 의논해보고 싶어요. (전)책방 사장님의 입장을 제가 마음대로 써버린 것이라 괜찮을지……. (현)책방 사장님과 이번 원고를 가지고 대화를 나누다가 (전)책방 사장님이 화자인 소설도 재밌을 것 같다는 이야기가 나와서 써본 것인데,

저는 생각보다 이 글을 쓰는 게 좋아서 꽤 빠져들어서 썼고, (현)책방 사장님도 마음에 들어해주셨지만 아무래도 (전)책방 사장님의 허락을 받은 것은 아니다 보니 마음이 시원치 않네요. 일단 (전)책방 사장님께 낭독해서 들려드리기는 했어요. (전)책방 사장님은 전혀 관심이 없는 것 같았지만요. (어차피 픽션인데 제가 너무 걱정이 많은 걸까요?)

메일을 쓰기 전에는 따로 덧붙일 말이 별로 없을 것 같았는데 쓰다 보니 별 이야기를 다 한 것 같네요. 모쪼록 원고가 마음에 드셨으면 좋겠습니다. 돈을 받기는 했지만 선물을 드리는 마음으로 썼어요. 이 원고가 대표님이 세상에 내놓는 첫 책이 될 수 있다면 영광일 것 같지만, 부담을 느끼지는 않으셨으면 하고요. 그래도 만약 이 책이 정말 출판된다면 세상의 모든 작은 책방에 이 이야기를 바친다는 말을 적어놓고 싶어요. 오늘도 작은 책방을 지키고 있을 사람들과, 책을 만드는 모든 사람과, 번역가들과, 책을 사랑하는 모든 사람을 떠올리며 저도 매일 이 원고 속의 이야기들을 적어나갔다고, 우리가 하는 일이 적어도 저에게는 의미 있다고, 제대로 표

현해본 적은 없지만 어렵기만 한 세상 속에서 당신들이
지켜온 것들만이 저를 살게 했다고요.

고양이와 나
이종산 소설

초판 1쇄 2025년 3월 19일

지은이 이종산

발행인 문태진
본부장 서금선
책임편집 최지인 김수현   **래빗홀** 이은지

기획편집팀 한성수 임은선 임선아 허문선 이준환 송은하 김광연 송현경 이예림 원지연
마케팅팀 김동준 이재성 박병국 문무현 김유희 김은지 이지현 조용환 전지혜 천윤정
저작권팀 정선주
디자인팀 김현철
경영지원팀 노강희 윤현성 정헌준 조샘 이지연 조희연 김기현
강연팀 장진항 조은빛 신유리 김수연 송해인

펴낸곳 ㈜인플루엔셜
출판신고 2012년 5월 18일 제300-2012-1043호
주소 (06619) 서울특별시 서초구 서초대로 398 BnK디지털타워 11층
전화 02)720-1034(기획편집) 02)720-1024(마케팅) 02)720-1042(강연섭외)
팩스 02)720-1043
전자우편 books@influential.co.kr
홈페이지 www.influential.co.kr

ⓒ 이종산, 2025

ISBN 979-11-6834-271-2 (03810)